河出文庫

最果タヒ

河出書房新社

もぐ∞　もくじ

もぐ∞
画・error403
最果タヒ
Tahi Saihate

パフェはたべものの天才

パフェ。ミクシーというサイトがあった頃、私のプロフィール欄（らん）には「パフェ」という言葉だけが記載されていた。パフェ、好きとか嫌いとかそういうことではない、敬意を抱いている。おいしくて甘いものを追求していたら結果的にたどり着くものはいつだってパフェじゃないのか。そう信じている。控えめに言っても、パフェはたべものの天才です。テニスの天才とか将棋の天才とかいるけど、パフェはたべものの天才。ケーキや和菓子といったものと並列だとは思っていけない。なぜならパフェにとってはケーキもアイスもわらび餅も、具材でしかないからだ。概念のレイヤーが違う。象と地球どっちが大きい？みたいなことになってしまうよ。パフェは、何もかもを内包する。甘ければ、なんだってパフェの家族になりうるのだ。甘いものの美しさとは組み合わさっても組み合わさっても、ハーモニーであり続けることなのではないか。パフェ、という概念の中では。

食い合わせとやらを考えるのが好きではなかった。食べたいものをひたすら選んで食べていたい。人生には限りがあるし、胃袋にも限りがある。最良なものを選択し続ける人生でありたい。焼肉でご飯を頼むかどうかということを話し合ったことがあり、肉を食べにきておいてなぜご飯を食べるのか？　わからなかった。私は味覚がガサツなのではないかと思う。ハーモニーとか考えないのか、と思う。考えないのだ。逆に「大好きな人とずっと一緒にいるより、ときどきはどうでもいい人とかと遊んでいるほうが、大好きな人がよく見えるよね」とか言ってる人がいたらどうなのか？　それは糾弾（きゅうだん）されてしまうのでは？　なんてことも考える。あ、でも私は人間におけるその「ずっとが嫌」という気持ちはわかる、わかってしまうなあ。友達が少ないのでどうでもいい人とかいう知り合いがいないし、そういう関係をコミュニケーションで繋いでおくことがそもそもできないけれど、一人で街をうろついて、店員さんにそっけなくされたり親切にされたり、その場しのぎの会話をしたいと思うことがある。親しい人とばかり話していると、あ、あ、私が溶けて消えていく、コミュニティの一部になってしまう！　と恐ろしくなる、のだけれど、食べ物はそうならないんだよなあ。焼肉なら肉だけを食べたいですよねえ。だって焼肉だし。食べ物と人間は違うぞ！　というあたりまえのことを言われたら、あ、じゃあこれからも私は今のままで、食欲濃度１００％の食事をやっていこう、と思うのだった。理性を食欲に注ぎ込むような「食い合わせ」という概念が要するに苦手だ。

マカロン屋で、マカロンを頼んで、飲み物も、となったとき、ホットチョコレートを頼んでしまう。あまいけど、飲みたいのはそれだし。同じ同じ同じ、あまいあまいあまいあまい、重なっていくことが味覚をぼやけさせることは私も知っているけれど、でも、それならどうして私には味覚が一つしかないのか、口が複数あれば、舌が複数あれば食べたいものを食べたいように食べてすべてを楽しむことができるのに！　マカロンを食べた口でホットチョコレートを飲まなくてはいけないからこうなる。かわいそうではないか。私もマカロンもホットチョコレートもかわいそうではないか。甘いものを愛しているだけじゃないか。どうして、にが〜いコーヒーを飲むべきとかいう話になるのだ？

パフェはそうした欲望を奇跡的に成立させる魔法の食べ物なのです。マカロンとホットチョコレートだと、なんだ、大丈夫か？　となるけれど、ホットチョコレートをコーンフレークにかけて、上に生クリームとマカロンを添えたパフェならば「ほほう、ふむふむ、名作ですな？」となってしまうこの不思議。すごいね！　もちろんただ甘いものをつっこめばいいというわけではなくて、バランスが必要なのだけれど、でも、もう食べたいものがすべて入っているなら、それらのバランスを取るために入れられた衝撃吸収材なんてどうだっていいのですよ。コーンフレークとか、ミントとか、どうだっていいのですよ。パフェの前では誤差の範囲です。

喫茶店だとかでパフェのサンプルがずらっとならび、ケーキの乗っているものやら和風のものやら、チョコレートとキャラメルを両方使ったものやら、さまざまな「これもあれも食べたい」に応えるべくして1つにまとめあげられたそのパフェという作品を見ていると、人類の欲望の果てしなさに思いをはせてしまう。一見生々（なまなま）しい欲というものも、パフェの力を借りればこんなにもファンシーな見た目になるのか、ああ、もしかして、たべものの天才、とかいうレベルではないのではないか、とか思うよね。ということで控えめに言っても、パフェはたべものの天才です。

グッバイ小籠包

OK、もう小籠包に期待するのはやめよう。ぼくはある時そう決めたから、中華料理店で絶対絶対にと小籠包を頼むことはやめた。あんなにおいしそうなもの、そう、おいしし「そう」なもの！　きっとそう、メイビーそう、ありえないレベルで、巨人も進撃できないレベルで、そびえたった期待という壁！　頼めば頼むほどなんだかみんなが幸せになれない。「あ、こういう味だったな……うん、普通においしい」という感想しかでなくなる。おいしいのに、感動が異常に薄くなる。ほら、たとえばハンバーグを割ると肉汁がでてきてよだれが大分泌パーティみたいなことがある。で、まあ、それはなんとなく「予想がつく味」であって、肉汁だからって騙されないぞと、もう汚れきったハートで思う。肉汁がでるとイメージできるからといってハンバーグになにか奇跡的な味を期待するわけじゃない。だってもう何百回も食べてきたし。ハンバーグがハンバーグの味だからってがっかりなんてしない！　でも小籠包、きみはまだだめだ。スープがあふれでてくるというそんなすてきなジューシーなイメージ。ぼくらの並々ならぬ想像力！　そして結構曖昧な小籠包における「実際の味」

のイメージ！　それらが掛け合わさった時、ぼくらの期待したイメージをあの薄皮に閉じ込められた味は越えることができるんだろうか？　越えられなかった。ほとんどが、点心がおいしいお店でも、小籠包は小籠包の味だった。おいしいおいしい小籠包の味だった。でもそれは、ぼくらが想像している味だった！　知ってる味だった！「あ、想像通り」というそんなリアクションしかなかった！　人は期待をしているとき、それを良い意味で裏切られることすら期待している。イメージを超えなきゃだれも、嬉しい気持ちになんてなれないのだ。おいしいものなのに驚きがない。ぼくらは期待しすぎだ。ぼくらは想像しすぎなんだ！　小籠包はいつだってきちんと平均以上においしいのに、ぼくらはなんだか魔法がとじこめられていると思っていないか。肉汁というものにファンタジーを感じていないか。小籠包だって肉と小麦粉でできていて（あとこまかい野菜）、それ以上のものは生まれねえよ！　と言っている。ぼくらのほうが絶対悪いし、小籠包にごめんなさいをしなくちゃいけない。だから、ＯＫ、もう小籠包に期待するのはやめよう。

（おいしい中華屋にいくと、とにかく小籠包を食べたいということになり、それはまあ、人間の本能に近い。とりあえずビール、ともうだいたい同じ地位に立っている。とりあえず小籠包。お店だってまんざらではないからメニューにおいても占める面積が大きい。でもなんていうか、小籠包専門店とかならともかく、小籠包に幅はそんなにないというか、たいてい「イメージ通り」の味で、もはや「肉汁がでてくる」ということがメインイベントにすらなっている。味じゃないのか！　レストランなのに！　結局しゅうまいのほうがおいしい！　なんて思うことが多いんだけれどそれは私だけなのかな。しゅうまいは具やらなんやらが結構自由でＯＫというか、小籠包よりも「わかりきっている」ものなので、お店が自由に遊んでいるものが多い（たぶん小籠包は、そこまで認知が広がってないからこそ、自由な味付けがそんなにされていないんだろう）。予想の範囲を飛び出すしゅうまいと、あくまで小籠包である小籠包。もはや味の感想も「小籠包だね」とかになっている。それは味の感想なのか。認識でしかないのではないか。ぼくら、肉汁が飛び出すというそのワンダーを一旦忘れたほうがいいのかもしれない。そろそろハンバーグに対するあの冷徹さを、思い出してみようかな。）

現実の国から。

河出書房新社の「14歳の世渡り術」シリーズの新刊として、『正しい目玉焼きの作り方』という本が最近出たらしい。「風邪のときに作るおかゆがマズイ、服を洗濯でダメにした、穴のあいたくつ下をはいている……そんな人のために、洗濯・料理・片付けと掃除・裁縫の基本のきを学ぶための一冊」という内容。こういう本が「14歳の世渡り術」として出るの本当に正解だし、愛より夢より成績より家庭科が救ってくれるものって人生のなかに、ほんと、たくさんあるって思うよ。

本の告知を見た時、なんだか感動してしまった。大学進学で一人暮らしを始めた子がうまく友達もできなくて、でも地元には虚勢を張って、そんなときに風邪をひいて寝込んでしまって、それでもふらつきながら自分で作ったお粥がちゃんとおいしいって、それは、ものすごく救いじゃないですか。孤独になることぐらい生きていればいくらでもあって、ひとりぼっちになることなんて、生きていればあんがい当たり前のできごとなんだとわかってくるけれど、それでも私には私がいるのだということ、そのことも同時によくわかる。ひとりぼっちになろうが、生きていかなければならない。そして生きるということは、別に誰かと一緒にいるかとか、家族を作るとか、夢を叶えるとか、そういうことではなくて、ただ生活を重ねていくことだと思う。そして、しあわせなことに、生活をゆたかにしていくのは、いつだって自分自身なんだ。おいしいもの、きれいな部屋、ここちよいおふとん。生きる、ということにつまずくとき、それらが一番やさしく、救いになってくれる。その可能性は決して奪われない。

　見た目とか健康とか才能とか性格とか、そういうのは、こうしたら幸せになれるかもってことはわかってても改善など簡単にはできない。でも生活だけはそうじゃないから。それなのにちゃんと、身体や人生につながっていくものだから。そこを世渡り術として、ちゃんとしましょう、と14歳に向けて言っているのがすてきだった。私に14歳の姪っ子がいたとして、大人になるにはまずは生活力を付けましょう、家庭科をがんばりましょう、なんて私は言えないと思う。思いつけない。これが本当に大事なことなのに、夢だの愛だのの話ばかりしてしまうだろう。子供にとっての「未来」というのはファンタジーだと思う、フィクションだと思ってしまう。だから、彼らは現実の話ができないし、そのことを羨（うらや）ましく思う私もまた、彼らに合わせてファンタジーばかり見てしまう。でも、大人という時間が現実になった私たちから伝えられることって、ご飯の作り方、洗濯の仕方、掃除の仕方、そういう、なによりも現実的なことなのかもしれない。

大人は温度を食べている

湯豆腐とかそばだとか、そういうものを理解できなかったころ、私はそれらについて「要するに温度を食べているんでしょう?」と言っていた。たしかに豆腐は豆の味がほんのりするし、そばもそばの味がほんのりするけれど、しかしほんのりすぎてメインが温度になってしまっている。ざるそばは涼やかさを食べているわけで、湯豆腐は暖を取っている。もはや風味なんてものはそのおまけでしかない。舌の味蕾が読み取るさまざまな味の中に「温度」はもちろん入っていないし、つまり温度というものが「味」だとは認められないぞ、と私は息巻いていた。味が濃いものが好きなわけではないけれど、温度にすら負ける風味のこと、好きになることもできなかった。けれど次第に、その味が、温度より少し遅れてやってくるようになった。温度の余韻としてその風味が広がり、あ、これが後味とよばれるものだと、私は何度もなんどもかみしめた。

焼肉だとかハンバーグだとかを「後味があぶらっぽくてつらい」と大人が言うのが理解できなかった。食というのは「今」だけだろう、「後」なんてない、と反論したのをおぼえている。そのときはなんとしても焼肉が食べたかったから力説しただけだけれど、しかし「後」はない、ということに嘘はなかった。味を理解することに時間はかからないし、味も、噛んだその時にすべてがやってくると信じていた。食べ終わってしまえば跡形も無くなるのが食べ物であるはずで、ずるずると過去に食べたものにひきずられているほうがおかしい。けれど、体というのは日に日におかしくなっていくものだ。味すらも解釈するのに時間がかかるようになった、そしてそのぶん、一つ一つの味を順番に理解するようになっていた。きっと過去、私は肉の旨みとともにやってきていた「あぶらっぽさ」に気づいていなかったのだろう、すべてが同時だったから、旨みに気を取られていたのだろう。遅れてやってくるようになった「あぶらっぽさ」はきちんと私にも苦痛でした。

入れ替わるようにそばと豆腐の風味を理解できるようになり、食というものが一瞬で終わるものではないのだと知った。というか、一瞬で終わらせられない体になってしまった。味覚が豊かになったというより、ほどほどに鈍くなっただけだと思う（味覚だけではないのかもしれない、子供のころは何にも見えていないようで、すべてが見えているから処理が大雑把になっているというだけなのかもしれない）。タイムラグなしには味を把握できなくなり、そのために、後味すら気を配って料理を選ばなくてはいけなくなった。そして、そのころには私は、コーヒーが飲めるようになっていた。

（なんとこのページはコーヒーについての記事だったのです！）

コーヒーは後味をリセットするために有効に働く。要するに、後でやってくる憂鬱な味をなかったことにして、初っ端に見つけた旨みだけを堪能することができる。子供のころ大人だけがコーヒーを飲んでいてずるいと思っていたけれど、大人だからコーヒーが欠かせなかっただけではと今は思う。食事を、一瞬一瞬で味わえるなら、食べ物の組み合わせなんて関係がない、どんなにひっちゃかめっちゃかな組み合わせでもそれぞれを楽しむことができる。でも、それが不可能になったからこそ、組み合わせを考える必要があった。この食事の余韻と、この食事の余韻は合うだろうか、とか、この後味を打ち消せるものはなにか、とか。そして、だから苦すぎたり辛すぎたり酸っぱすぎたりする料理がこの世にはあるんだろう。コーヒーも、そして酢の物だとかもそう。子供のころは「なぜこれを？？？人間は？？？？食べる？？？？」と疑問だった。でも組み合わせにおけるワンクッションとして、こうした極端な味がどうしても必要になる。そうやって、料理というものは豊かになっていくのかもしれない、鈍くなっていく味覚とともに、豊かになる料理がある。と、思えば、もうなんだって怖くない気がする。すべてがすべてが仮説だけどね。

ジャジャーン！
ポールエヴァン！

ジャンポールエヴァン（高くてうまい！　チョコレートブランドだ！）には、小さな粒状のメレンゲにチョコレートをコーティングしたお菓子があり（正式名称ペルルクラッカントゥショコラメランジュ、たぶん70gで1600円ぐらい）、袋に茶色と薄茶色の小さな丸（だいたい直径5ミリ）が詰め込まれて売られている。ジャンポールエヴァンと書かれていなかったら、これただの麦チョコなんじゃないかとおもうほど素朴な見た目でありながら値段はまったくかわいくない。なによりジャンポールエヴァンのお店に行けば、凝りに凝ったチョコレートが、焼き菓子が、ケーキが、ずらっと並んでおりそんな地味なもの買う人を私は、見たことがない。私以外、見たことがない。

私だって、最近に一度きり買っただけだった。ジャンポールエヴァンが好きすぎて、ほぼすべてのメニューを網羅したかもしれないと焦ってやっと買ったのだ。買って、買ってからどうしようかと悩んで数週間、ある日深夜にケーキがどうしても食べたくなり、しかしケーキなんて手に入らないこの時間帯（そんな時間帯がこの世に存在するのはおかしいです）、私は追い詰められ、なにか高尚でいて甘いものはないのかと部屋中を探した結果、つかんだのがこのチョコだった。冷凍の食パンを取り出し、あたため、薄くバターを引き、「ひひひ」と言いながらこのチョコの粒を表面に並べていった深夜2時。「ひひひ！」パンの熱によってチョコは溶け、パンの中へと滲んでいくのを見ている、そしてかじる。かじる。かじる。気づくと手元のパンは消えていた。チョコレートも消えていた。私の心はなぜか清らかに澄んでいた、深い森の中で水が湧き続けている、その景色が胸いっぱいに広がり、ああなんて静かな感動だろうと思った。見るからにただのチョコパンだったのに、私のケーキ欲は、春の雪よりも跡形もなく消え去っていた。

自分の編み出したレシピから生まれた料理なんてかわいいにきまっているじゃないですか。だからどこまでも研ぎ澄ました舌で出迎え、感じ取れるだけの「おいしい」を感じ取ったというそれだけのことじゃないのだろうか。今ならそう判断ができる。当時の私は味に対する集中力が違った、というか、これをパンに挟んでみたらどうだろうと思いついたその瞬間から、私は味覚のしもべのように行動をしていた。あんなにものぐさな私が、一切躊躇を見せず、パンを温め、バターを塗り、そこまで空腹だったのかといえばそうでもなかったし、そこまでケーキが食べたかったのかといえば、もはやそのときにはケーキなんてどうでもよくなっていた。ただ私は、自分が思いついたレシピに心奪われていたんだと思う。「おいしそう！」と思ったその瞬間、「おいしそう」という直感にすでに感動さえしていた。たとえば、レシピを見ていて、それだけで強烈に「おいしそう」と思ったとき、すでに食べた後のように満足をして、作る気が失せることがある。砂糖を溶かした醬油をつけて焼く、とか、まさにその究極形。文字列だけで大満足です。私は、自分が思いついた、自分が生み出した「おいしそう」ですでにお腹がいっぱい、胸がいっぱい、こんなものを私は思いついてしまったという驚愕でいっぱい、もはや、実際に作るのは感動のつじつま合わせでしかないのです。おいしいと感動することより、おいしいに違いないと確信を抱くほうが、もしかして人を興奮させるのでは？　さらにはそのおいしそうを思いついたのが自分自身だなんて、そりゃ湧き水が胸に広がって当然なのでは？　料理が趣味、というひとの気持ちが、今やっと、わかったような気がしています。

私以外の人がこのチョコパンを試して、私のように感動するとはまったく思わない。というか、普通にそのまま食べたほうが絶対においしい。それでも、私のチョコパン、私には、非常に非常に美味でした。コーティングされたチョコが、無残にも溶けて、ショコラティエが怒ること間違いなしのチョコパン。大変おいしかった、大変おいしそうだったです。ありがとう、ジャンポールエヴァン。そしてごめんね。ジャンポールエヴァン。

勝手に食え！

甘いものを愛するがあまり、フルーツとは本当に甘いのだろうか、と思ってしまう。ばかみたいにど甘いフルーツがあるのも知っているけれど、でも、春になっていちごフェアなんてものがはじまると、フルーツはスイーツじゃない！　と言いたくなる。甘酸っぱいとは甘いではない。甘さを犠牲にしてまですっぱくなった食べ物でどうして甘いものをつくり、甘いものの代表のように扱うのですか。一つの食べ物内でハーモニーをもたらさなくていいです。にがさはコーヒーでとるし、すっぱさがほしいならお酢でものみます。だから甘いものは甘くあってほしい！　こんな無粋なこと言いたくはないのだけれど、でも私はそもそもグルメではないのだ、あきらかに、食べ物にたいして軽薄な人間ですよ。私にとって味覚はただの娯楽で、芸術ではないんだなあ、と、こういうとき思う。かゆいところに手が届く！　ってかんじの味をどうしても求めてしまうのです。いいのか、そんなことで。いいのだ。ただの食事なんだから。

どんな行為も「私の芸術」にしようとすればできる中で、「しない」という選択を積み重ねて平穏な人生を生きている。芸術にする、とは要するに覚悟を決めてこだわり続けるということで、鋭い感性を持って向き合うことを求められる。甘酸っぱいは甘さじゃないとか言っている場合ではなくなる。だから、なにもかもを芸術にするなんて到底無理だとも思います。部屋のインテリアを芸術的にしようと思えばできるし、洗濯を芸術的にしようとすればできるし、食べることも極めようと思えばどこまでもこだわることができるけれど、その全てをやりつくすことはできない。私たちの体は一つしかなくて、生活を極めるだけでも実はまったく足りていない。じゃあなんのためにここにいるのか、考えるのが恐ろしくなってきますね。なんにもできない前提で生まれてきたのではないか、奇跡としてひとつくらい、自分にとってこれは芸術と呼べるようなものを見つけられたなら、それで十分じゃないんだろうか。そしてそのヒントがたくさんあるから生活は尊い。街は尊い。それだけだ、尊くても磨く義務はないよ。

生まれて、病院から家につれてかえってもらって、0歳、見ていたものを私は覚えていないけれど、瞳にまとった涙たちは、色んな光の像に触れていた。キッチン、テレビ、新聞、本棚、机、食卓、庭、菜園、ベッド、洗濯機、水道、洗面台、トイレ、お風呂、玄関、靴箱、クローゼット、物置。最初からたくさんの選択肢があった。冷蔵庫を開ければさまざまな食べ物があって、飲み物があって、本棚を見ればさまざまな物語があった、図鑑にはいろんな魚や動物や星が載っている。どれを好きになっても良くて、どれを愛しても良くて、愛のあまりそれらを芸術だと信じても良かった。アイロンのかけ方を競うスポーツがあるのだと知ったとき、へんなの、とは思ったけれど、それをもし私が5歳ぐらいで思いついて、ずっとずっと極めていたのなら、それは素晴らしいことだな、と想像した。ただそれを私はしなかった。アイロンをかけるのが嫌いなまま大人になった。色んなことを知っているけれど、知っているというのはきっと表面をなでるだけのことだろう。ただ生きているだけだけれど、ただ生きているというそのことは、いろんな芸術を捨てていくことなのかもしれない。それを、寂しいと思うことはやめましょう。

　食べることを私は芸術にしなかった、雑に愛しているだけだ、こだわりもなく、勝手で軽薄な価値観でいちごはスイーツじゃないとか言ってしまう。でも、それでも食事という行為は私から離れていくことがない。芸術にしなくても、街も生活も私のそばにありつづけるということが、「世界はうつくしい」という根拠のようにも思えた。日々のなにもかもを愛さなくても、追求しなくても、日々のなにもかもはすぐそこにある。すみずみまで誠実に生きることができなくても、明日が来るって、本当はとてつもなくすごいことなのかもしれないな。

ちくわ天という奇跡

ちくわ天への愛を語るためには、うどんへの愛を語らなくてはいけない。うどんに合う揚げ物とは一体なんなのか、という永遠のテーマに触れなくてはいけない。この問いに答えが出ることなど永遠にないとわかっている。うどんが好き、うどんとともに食べる揚げ物も好き。そこから先はもはや天気やテンションや歯や舌の気分次第で、好きなものですらないのかもしれない。好きな食べ物というのは実は、食欲の根っことは繋がっていない気がしている。好きな食べ物はチョコレートだけれど、しかしチャーハンが食べたい日もある。「好き」ってそれぐらい弱い感情なのかもしれません。

うどん。うどんを食べたくなるのはたいてい、油っぽいものを食べるのはちょっと違うな、でも胃もたれとかそこまで最悪な状況でもないな、というとき。私は生醤油うどんの上に乗ったネギをイメージして、「うどんが食べたいな」と思う。うどんののど越しだとか小麦の風味だとかそういうことをまったく思い浮かべないのがおかしい。洗ったばかり、水を切ったばかりの、パシッとしたネギの断面が、すかっと口に飛び込み、歯に圧迫され、じゅっとあの香りを口いっぱいに広げながら喉へとながれていくあの感覚、あれを思い出して「はあ〜今日のご飯はさっぱりといきましょか」とうどん屋を探し始める。しかし実際に食べるのはねぎではなくうどんだ。お店に行って、うどんが意外とどっしりしていることに気づき、さっぱりということを都合よく忘れる。うどんって、頭の中でイメージしているときは白くて簡素で、どうも食欲は刺激されない感じがするのですけれど、でも実物は結構、ジューシーですよね。うるおった麺！　揃った麺！　急激に空腹になった私は、あわてて、「さて、揚げ物はなんにしましょか」とメニューを手に取る。

しかしとり天とかえび天とか、そこまでの力強さを求めているわけじゃないのです。そこまでお腹が空いているなら、パワーを欲しているなら最初からうどん屋を選ばなかった。ただうどんの見た目に刺激されて、予定外にやってきた食欲を埋める程度であってほしい。揚げ物に多くを求めすぎでは、というかんじだが、しかし私たちにはちくわ天があるのだ。ちくわ天、それはマイナスを0にする食べ物。0ですべてを終わらせる。とり天であればマイナスは0どころかプラスになるところを、ちくわ天はぴったり０に合わせることができてしまう。空腹になった分だけの満足を与え、そして立つ鳥跡を濁さずのごとく、なんのプラスも残さずに立ち去ってしまう。奇跡としか思えない。

昔からおいしいものにはリスクがあると思い込んでいた。必ず後悔がつきまとう、それがおいしさの宿命だと信じていた。だから、ちくわ天のあり方には今でも時々驚いてしまう。肉でないのにおいしいとか、どういうことなのか。リスクが低い。低すぎる。コンビニのレジ横、ホットスナックとしてちくわ天も売れればいいのに。これまでチキンだのからあげだのに抵抗を覚えていた人たちも、ちくわならと手を出すのではないか。などと、思いながらも、しかしあまりにもすばらしいからこそ、ちくわ天はジャンクフードには向いていないかもしれないと考え直す。ジャンクフードとは要するに、食欲を熱狂の渦に巻き込んでいく食べ物で、どうしてこんなにもチキンが食べたかったのかわからない！　と買ってしまったファミチキや黄金チキンにかじりつく、その状態こそがジャンクフードのあるべき姿だった。さっきの例をひっぱるなら、異常な量のプラスが備わっている食べ物。0になどしない。できるかぎり無限大へ近づこうとする気合いの食べ物。それを、太るわ〜と言いながら、その太るという可能性ごと嬉々として食べるのがジャンクフードなのではないかな。そりゃおいしいでしょうよ、と私は思います。なんだかんだいったって、後悔って癖になる味なんだよな。私だってその味、好きだよ結構。そしてちくわ天にはそれがないし、ちくわ天の良さはそこにあるはずだった。だから、残念だけど、コンビニにちくわ天はきっと永遠に並ばない。私はだからこれからも、うどん屋限定で、ちくわ天、きみに会いに行くよ。

みかんで越冬物語

冬は未来というものが、果てしない気がしてどうしても不安になる。雪景色なんかを見ると、まっしろのなかに確かに人が息づいている、というのがどうしてもいきぐるしく、未来だとか可能性だとかいうけれど全てがもう確定してしまっているのでは、なんてこと思う。それはたぶん繊細だからとかそういうことではなくて、季節の問題なのだ。乾燥して寒いと、雨になるはずだった水蒸気が雪になる。こおりながら落ちてくる液体は、やはりどうしてか窮屈そうで、雨よりずっと寂しいと、思っているみたいだった。

　こんなとき、みかんが大量に家にあると安心するのです。冬眠をするわけでもないのに、家にみかんの箱が届くと、「春まで大丈夫だ」なんて思う。木の実であることがありがたい。植物という、地に根を張り、野ざらしで生きる木からとれた果物であると思うと、それだけで安心をする。食べるとおなかの底あたりに、みかんの木が生えてきそうだ。太陽がみかんを育てるために出現して、お腹の底をぽかぽかあたためる、なんていう想像ができるぐらい、みかんを食べるとほっとする。きちんと、春が来る気がする。また、芽が出て、みかんの花が咲く気がしている。

　人間はどんな気温でもある程度は生き抜くことができる。そのために、頭を使ってきたわけで、文明は発展してきたわけで。もちろん冬を眠って過ごすなんてことはしないし、食べ物を蓄えなくちゃいけないなんて、わざわざ焦ることもない。でもだからこそ、未来のことを考えてしまうのかもしれない。この冬を、生き抜けるかどうか、なんて、考える必要はないけれど、でもそれでも不安を探して、考えて、結果的にもっと先のことを不安に思うようになるのではないか。春がきたときのカエルやくまのような「やっと終わった！　これからは春だ！」という１００％幸福な気持ちに、なれる気がしない。

　遠くのことを見通すようになり、そうしてその分世界全体が、すこしだけ暗くなったのかもしれないな。冬はその暗さそのもののような季節だ。みかん、だからおいしいのか、とも思う。未来に果てしない不安を覚えても、この冬や次の春なんていうものが、あっという間に過ぎる些細（ささい）なことのように見えても、旬の食べ物は、お腹の底から改めて、すべての時間は「季節」によってできていることを教えてくれる。二十年後のことを考えたって、次に来るのは春なのだ。私が立ち向かわなければいけないのは、結局、この冬なのだ。この時間を幸せに過ごさなければならない。そしてそのためにみかんがある。おいしいみかんが家に山積みにされていると、冬をちゃんと越せるような予感がたしかに降り積もる。

チョコレートが好き?

チョコレートが好きなのだけれど、チョコレートが好きというのは本当に私の感情なのだろうか、と時々思う。お酒だとか激辛料理だとかもそうで、好き、といってみたものの、その「好き」という感覚を作っているのは自分の感情ではなくて肉体ではないか、みたいなことが妙に心配。味覚とは肉体が食べ物に反応するからこそわかるものだけれど、それを好きやら嫌いやらにふりわけているのは自分の心であるはず。そう信じながらも、自分の思考回路よりも先に「おいしい！」と声がでてしまうとき、なんだか「これって好きな食べ物ではないのでは」という気がしてくる。刺激物はそのタイムラグが極端。チョコレートが好きなのは、私というより私の体だ。

昔からこのような理由で、好きな食べ物というのがなんなのかピンとくることがなかった。よく考えてみれば好きな色とか好きな花とか好きな場所だって、比較検討しやっと「あれかな？」と気づける程度で、かといって、大して好きでもないのかといえばそうでもない。よく見たら選んでいる服が黄色ばかり、とか買った小物が赤色ばかり、とか写真に撮っているのは紫陽花ばかり、とか、そういうことが頻発（ひんぱつ）している。そういえばサイン帳という小学校のときにはやっていたアンケート用紙みたいなもの（クラスメイトみんなに配って書いてもらっている子が多かった）には好きなものを聞く項目がたくさんあり、とにかくいっぱい考えたのを覚えている。好きな本？　好きなミュージシャン？　好きな季節？　速攻で答えが出てくるわけもなくて、締め切りばかりに追われ、「じゃあもうこれっていうことにしよう」と書き散らかした回答は、思ったよりも長く私のなかに残っていて、本当に好きなものよりもずっと自己主張が激しかった。あのとき時間がなくて「これが好き！」ってことになった本は未（いま）だに私の好きな一冊として存在しているが、でもあのころ一番に好きだったわけではないと思う。かといってもう、一番はなんだったのか思い出すこともできないでいる。

好きなものを決めるのは私ではないのかもしれない。私は見つけているだけで、決めているのは自分と世界の境界線あたりにいる別の何かなのかもしれない。それが肉体であることもあるし、習慣とか、生活であることもあるだろう。誰かに尋ねられることで、私はやっと好きなものを探すし、意識し始める。これ、私のことではないのかもしれないな、と思った。私にとっては好きなものって、私ではなく世界のことなのかもしれない。私と世界の間で、なんらかの反応をしてピカピカ光っている信号みたいなものがきっと「好きなもの」。世界から見れば、好きなものは「私」の一要素だけれど、でも私から見れば、それは明らかに世界の中にある、世界の一要素だった。

他人の好きなものを知る必要なんてないように思っていたし、それを主張されてもどう対応したらいいのかわからなかった。好きなものが列挙されたプロフィールを見るたびに、初対面の人に好きなものを聞かれるたびに、困惑していた。けれど、人それぞれ見ている世界は確実に違っていて、それこそが日々齟齬(そご)が生じる原因なのだから、好きなものを通じて、「彼らがどう世界を見ているか」を知ることができるなら、それは意味があるのかもしれない。そして、そうやって相手の目を想像して、その人のつもりで世界を見てみようとする人、そんなふうに人との距離を縮めようとする人は、すっごく丁寧で、親切だと最近は思う。私には、そんなことなかなかうまくできないのです。とりあえずの定型文、であるときもちろんあるのだろうけど、「好きなものは？」と人に聞くひとはきっと優しい。あなたと同じ世界をまず見たい、という問いかけだと思うならば。

諦めのレシピ

レシピ本に対する財布の紐がゆるすぎる。

見ているだけで食べた気がするし、見ているだけで作れるような気がする。それで、実際に作ってみましょうと本を買う。家に帰って読み直し、見ているだけで食べた気がする、と思って昼寝する。時間がなくなって、しかたがないからてっとりばやいものを用意して食べてしまう。そういうことを繰り返して、本棚にびっしりとレシピ本が並んだ。私は、これらに載っている料理すべてがそのまま目の前にぽんと現れるようになったらいいのにと思う。ここまできていた。ここまできてしまった。いまでも、ここに載っている料理が好きだ。おいしそう。おいしそうという感覚はかわいいもうつくしいもやさしいもたのしいも飛び越えていく。そうなの、おいしいよりももしかしたらおいしそうのほうが、強いのかもしれない。などと、言い出すほどになっていた。このレシピ本の料理が私は今も何一つ、作れない。

私が好きな本の種類に、レシピ本と、それから写真集がある。写真集はすべてが過去の瞬間でありながら、その瞬間があったことを私はどれもこれも目撃できていないというそのことに、なつかしさとそれから「予感」を感じていた。もしかしたら過去ではなく、未来のどこかにある瞬間なのかもしれない。私にはこれが過去なのか、未来なのかすら確かめることはできなかった。写真なんだから、過去でしょう、と言うことはできるけれど、もしかしたらある日、私は、偶然にも写真にうつった光景と全く同じ光景を見ることになるのかもしれないんだ。写真からわかるのは、あるとき、どこかで、私の知らないところで、そんな事実があった、というそれだけだった。おさないころの記憶と同じぐらいに、曖昧で、けれど確かなものだった。

うつくしい瞬間、どうして、ここに私がいないのだろうとつぶやいてしまうような瞬間、もう一度見たい、と思ってしまう瞬間。写真集にはそれらが並び、私は見るたびに、「でも私はその場にいなかった」という事実と向き合うことになっていた。「いつかその場に行けるかもしれない」という期待がある、けれどそれはきっと叶わないともわかっている。自分が、撮影したわけではない写真を見るとき、人と人の人生は平行線で、決して交わらないのだ、ということを何度も思い出した。それでも、写真集を眺めていると、そんな世界に暮らしたい、と思うし、そんな街を生きたい、と思う。けれど実際にそこへ向かうことはなく、ただ西向きの窓から夕日がさし、私はまた眠くなる。そうやってくりかえし、次第に部屋の写真集は焼けていく。

とっくに、その世界で生きることなど諦めていたんです。人との人生が平行線であることの何が、悲しいことなのか、残念なことなのかわからない。永遠に私はこの世界に行けない、ということが、世界がある、ということの証明にもなる気がしていた。他人とは平行線だから、安心できるよね。今でも、いや、今の方が、写真集が好きだ。そしてそれはレシピ集も同じなのかもしれない。料理なんてできないから、レシピ集の写真に憧れるのかもしれない。写真だけでなく、レシピ集の中にある様々な情報と自分が交わることはない、と思っているのかもしれなかった。遠くのだれかの生活が、におってくる。それだけだ。それだけのことが好きで、好きだということもまた自分にとって、たまらないことなのかもしれない。

料理をしないというのも、ここまできたらそれはそれで楽しいし、楽しいならまあこれでいいやとも思ってしまっている。使わないでしょう、とレシピ本を指して言われたら、使わないけど、と答えてしまう。「でも、まだ置いておこうかなと思って」私の本棚には私とは関係ない人の人生が、少し、顔を出している。

愛・小倉ノワール

変な話をしてしまっているとは思うのですが、コメダ珈琲の期間限定メニュー「小倉ノワール」があまりにも、「友達の実家に遊びに行ったらお茶菓子として出てきた、友達の母親オリジナルのスイーツ」感が強くて、食にそこまでというぐらいにしんみりとしてしまった。

デニッシュパンの間にあんこをはさんで、上にソフトクリームを乗せ、さらにいちごジャム風ソースをかけている。コメダ珈琲の「実家」っぽいインテリアのせいもあるのか、このメニューを食べている間、その想像の産物である「母親」が頭から離れようとしなかった。もはやその母親に会いたいがために3度、小倉ノワールを食べています。小倉ノワール、彼女が独身のころ（東京で就職していたという設定）、一人暮らしの部屋でよく作っていたスイーツで、「嫌なことがあるたびに一人で作って食べてたんだけど、今じゃそれが子供の好物になってて、ふしぎなかんじするよねえ」とか、夫にときどき話している。

彼女は小さなころから、あんこもパンもソフトクリームもいちごも好きで、一人暮らしを始めたころ、その全部入りのスイーツを作ろう、とおもいたち、スーパーであんこを買い込んで作ってみたというのが最初。つぶあんにするかこしあんにするか、若いころは気分で変えていたけれど、今は子供の好みでつぶあんオンリーになっている。ただし嫌な一人暮らしの思い出とセットのスイーツでもあったから、結婚してからは作るのを避けていた。ある日正月のために買った小豆が余ったので、それで作ってみたところ、子供も気に入ってくれ、それから「我が家の定番」となった。想像の中の「私」は（なぜか高校生の男子というイメージだった。友達も高校生男子）、友達から「うちにはこんなのがある」とそのスイーツの話を聞かされ、あんこ好きだし食べてみたい、となんとなく言ってみたら、流れでごちそうになることになった。まさかそれだけのために実家まで来る子がいるとは、なんて笑われながら（ぼくもまさかごちそうになるためだけに伺うことになるとは、と笑う）出してもらったこの「小倉ノワール」は、昔パン屋の景品でもらったのであろう小さめのお皿に乗っていて、キャラクターのついたフォークと、シンプルなナイフで切っては口に運ぶ。まったくもって、完全に、想像通りの味で、でもだからこそ、おいしいと思えるのがうれしい。俺も大人になったら、一人暮らしをしたら作ってみようかなあ、なんて口走ると、「あんこはこのあんこを使うといいよ」とかなんとか作り方まで教えてもらい、友達の母親と生まれて初めて挨拶以上の会話をした。気づくと夕方になっていた。知らない住宅街を、夕暮れの中歩いていると、こんなのは小学校ぶりだなあ、と思う。知らない家の知らない母親が作っている知らないカレーの匂いがする。

他人の家のあの居心地の悪さはなんなんだろう。そして居心地の悪さこそが、家の主人たちにとっての「ちょうどよさ」なのだとも思う。他人の家に行くと、そうしたずれに直面し、居心地は悪いのに安心もしていた。「家庭」というパッケージで自分自身の家族のことを見ることはなぜだか難しい。他人の家族にどれほど共感しても、自分の家族と重なることはなかった。自分の家族は、一般的な「家族」という枠にあてはまらずに、ただたった一つの大切なものとして、自分の中に存在している。家庭だとか家族だとかそういうパッケージにおさまるわけがないと思っていた。きっと、他人から見れば普通でしかないその存在を、特別扱いせずにはいられない。そしてそんな「特別」という感覚が、他人から見れば、「居心地の悪さ」を作っているのかもしれなかった。居心地が悪い他人の家に行くと、自分はあきらかによそ者で、だからこそ、目の前の他人の家族は「家族」であり、彼らにとっては彼らこそが特別なんだとよくわかる。それが、安心につながっていく。小倉ノワールのおいしさも、そうした居心地の悪さに満ちていた。私の家でこんなお菓子は出なかった、と思いながら、それでもそのお菓子にある「家庭的」なものに安心をしている。「なんだかわかるぞ」というこの奇妙な新鮮さ。

たとえばシチューだとか、たとえば肉じゃがだとか、そういうものを外で食べて、「あ、家庭的な味」なんて思ったとき、想像しているのは自分の母親の味ではなくて、架空の友達の家庭の味なのかもしれない。コメダ珈琲のインテリアは「実家」っぽいけど、しかし私の実家にこんなインテリアはなかった。「実家」だとか「家庭的」だとか、そういう言葉を持ち出すときにイメージするのはつねに、「他人の家」なのかもしれない。そして、「他人の家庭料理」だからこそ、思い出すものや、刺激されるものが確かにあった。「家に帰りたくなる」とか「郷愁」とかそういう感情をひきだすのは、思い出の料理だけじゃないのかもしれないな。その日はじめて食べた、他人の家の料理だって、その力を秘めているんだ。他人だから。今まで、食べたこともなかったから。だから、「懐かしい」と思ってしまう。そういう可能性。

要するに小倉ノワール、すばらしい逸品です。

「オムライスが食べたい」は詭弁

ハムが広義すぎてついていけない。

コンビニのサンドイッチに入っているようなうすいハムをイメージしていたら、分厚くてステーキみたいなハムが、どんとメイン料理のようにやってきたことがあった。ハムカツというものが、得体の知れないうまみを発揮しながら現れたこともあった、それはハムなのか、ということがまずどうしても気になって、おいしさに100%ではいられない。ハム、ハムよ、そんなことばっかりだ、きみはおいしいことが多すぎる、多すぎるのにその度に「私の知っているハムじゃない！」と思ってしまう。いつになったら「私の知っているハム」はアップデートされるのだろうか。薄くてペラペラしていて、サラダに申し訳程度に入っているあのハムではなく、おいしいハムをイメージできるようになるのはいつなのだろう。誰かを裏切っている気がする。私なのかハムなのか、思い出なのか現実なのか、もはやわからないけれど、誰かを裏切っている気がする。

そもそもほとんどの食べ物の場合、その名前って、種類って、そんなに意味がないのではないか。ハムって言っても、ものによってまったく見た目も味も違うし、それなのに料理を注文するときはその言葉を使うしかないなんて、なんだか遠回りすぎないか？　それはハムだけじゃなくて、レストランの言葉だけのメニューはいつも、得体が知れず、これはなんですか、と店員さんに聞かずにはいられない。写真がついていないメニューって意味がないと思うのは私だけでしょうか。私、詩人だけど、言葉を信じてないみたいです、他はともかくメニューの言葉は、とにかくまったく信じていない。

先日はオムライス屋の前で、私は本当に今オムライスを食べるべきなのか、じりじり悩み続けていた。無性にオムライスが食べたくなり店の前まできたものの、ここでオムライスを食べたところでこの欲求は満たされないのでは、なんて思ってしまったんだ。食べたいけれど、でも、食べたいと思って想像したそのオムライスが、そのまま出てくるわけではないしな。そう思うと足が止まる。オムライス、ハムほどとは言わないもののかなり店によってぶれのある料理だ。ふわふわ卵なのか薄焼き卵なのか、バターライスなのかケチャップライスなのか、グリーンピースはあるのかないのか！　それでも私が食べたいのは唯一、頭の中のオムライス。卵の硬さ、ソースの種類、具の内容、すべてが妥協できそうになかった。オムライス屋を探すためにスマホを見たら、すぐ近くにおいしいと有名なおでん屋さんがあるということが判明し、それもまた私を悩ませた。私はどちらのお店に行くべきなんだろう。オムライス、食べたかったけれど、隣のおでん屋さんは確実においしいらしい。オムライス、食べたかったけれど、ここのオムライスを食べても私は、「これじゃない」って確実に言うだろう。それでも食べたいんだ、オムライスが食べたい。けれど、どんなオムライスでもいいっていう段階にまでオムライス欲を高めていない私に、味も知らないお店のオムライスを食べる権利って本当にあるんだろうか？（私は何を言っているんだ？）それならなんだっていいからおいしいものを食べたい、という気持ちに修正をして、食べたくもなんともなかったおでん屋に行ったほうがいいのではないか？（本当に何を言っているんだ？）こうやってひとは、つまらなくなっていくのかもしれません。欲望より幸せを、優先してつまらなくなっていくのかもしれません。私は結局、自分の欲求を1ミクロンも切り離すことができず、幸せを諦めるようにオムライス屋さんに入っていった。そんなにおいしくもないし、そもそも想像していたオムライスとは全く違うオムライスを食べて、落ち込んだ。なんのためにオムライスを選択したのか、反省しろ、と過去の自分に言いにいきたい。

なにかを食べたい、と思うとき、料理や素材を指定しているとき、当然私の底には「おいしいものが食べたい」という欲望がアマゾン川のように流れ続けている。それが覆ることなどないのだ、どんな食べ物を欲しても、そこに例外なんてあるわけないのだ。それを私は無視して、上空に漂っている小さな雲のような「オムライス！」という声に従って、川の流れからはみでるほどのジャンプをしでかす。なにをやっているのだろうなあ。がっかりしたままオムライス屋さんを出て、ああ、おでんが食べたかったなあ、と思い、後日わざわざおでん屋さんまで足を運ぶときのこの、無駄。なにをやっているんだろうなあ！

そんなとき私は人が「幸せになるために生まれた」とか、「幸せを心の底から望んでいる」とかそういうことが、なんだかファンタジーのように思えるのです。私は、幸せのために生きていないのかもしれない、おいしいのために生きていないのかもしれない。しかしだからといって自分が、なんのために生きようとしているのか、そこはちっともわからないし、わかったところで何の慰(なぐさ)めにもならない、ということだけはうっすらとわかってしまっている。

ぼくの理想はカレーかラーメン

僕の理想はカレーかラーメン。できることならああなりたい。カレーかラーメンを愛する人になりたい。

どうして、人は、なにか情熱を注ぐ対象を見つけると、それを供給する側へと転身してしまうのだろう。コーヒーに情熱を注ぐと、そのうちコーヒー豆を買い付けしに行く、漫画に情熱を注ぐと、そのうちGペンや丸ペンを揃えてみる。そういうのはたぶん、消費だけじゃ使い切れないほどの情熱があるっていうことなんだろうな、とは思うのだけど。私は十代の頃に音楽が非常に好きになって、でもその話をすると、楽器はやってる？　と聞かれる。聴くのと、やるのとではまったく違うのでは、と思いながらしかしエレキベースが我が家にはあり、当たってはいる……と曖昧な返事をしてしまう。でも、本当に、愛の延長として、私は楽器に手を出したのだろうか？　自分でもやってみようと思うぐらいしかこの情熱の行き先は本当になかったんだろうか？　それってまっすぐではないのでは？　私が好きなのは「やる音楽」ではなく「聴く音楽」のはずだった。

カレーやラーメン。作る人と、愛する人の間に、なにか大きな違いを感じる。この料理を食べることに情熱を注ぐ人はたくさんいて、それこそ日本中をそのためだけに旅する人だっているぐらいなのだけれど、それでも「作る側」には決して行こうとしない、そんな人がたくさん見つかる、それって、もしやすごいことでは？　カレーを溺愛し、カレーを溺愛するあまり毎日カレーを食べている人を、私は数人知っているけれど、そこからカレー屋になったり、なろうとしたひとはいない。ある一人は愛しすぎてカレー屋をやりたいなんて軽率なことは言えない、と言う。しかしカレー屋さんの店主が彼らより情熱みなぎる人物かといえばそれも怪しく、突然休業するし、開店時間を守らない店だって知っている（さらに言えばそういう店のカレーは異様においしい……）。愛してはいるのかもしれないけれど、食べることが好きな彼らより愛が強いとか、そういうことではない気がした。愛の強弱ではなく、なにかベクトルが違っている。愛、で片付かないから、作っているのかもしれない、なんてことも思う。

店が多いから、食べるということだけで追究が延々とできる、ということもあるのかもしれないな。私の周りには偶然そういうカレーファン、ラーメンファンしかいないだけだというのも、あるのかもしれません。とにかく私は、自分よりその食べ物を愛している店主から、その食べ物を作ってもらうことにどこか申し訳なさを感じている。こだわりのコーヒーショップに入って、店主の圧倒的な（コロンビアにまで買い付けに行くような）コーヒー愛にぶつかったとき、私はいたたまれなくなる。自分よりも深い愛をみつけ、彼が厳選したというそのコーヒー豆を口にして、味の違いがわからない、そもそもミルクを入れなきゃ飲めないいんです、みたいな自分がとても情けなく、どうして私はちゃんと家でコーヒーを淹れたりしないのだろう、と元も子もないことまで考えてしまう。コーヒー、好きだと言ってきたけれど、愛していなかったのではないか？　そんなこと、思わなくていいとわかっていながらも、でもいたたまれなさは消えない。それはたぶん、私が料理を好きでない、ということに後ろめたさを感じているからだろう。作るのは好きじゃない、でも、食べることは好きなんだ。それってちゃんと成立するのか？　すると信じてきたけれど、全力でその料理を愛しながら、その料理を作って売るようになった人を見ると圧倒されてしまう。だから。カレーとラーメン。どんなおいしいこだわりのお店に入っても、店員さんの情熱が別次元のものに見えると、安心をする。愛では片付かないもの、愛が愛憎に変わっていくような、むしろそのために作る側に回ったような、そんな突き詰め方をするお店が好きです。修行より、苦行っぽい感じ。そんなの、褒め言葉に聞こえないかもしれないけれど。

抹茶ソフト
現代詩

昔、どうして、抹茶(まっちゃ)ソフトをみんなが受け入れているのかわからなかった。抹茶を飲んだことがある子なんて、そういないはずなのに、抹茶ソフトを食べられる子のことがわからなかった。抹茶の味がする、ということすらわからない体なのだ、私たちは、抹茶とはなんたるかを知らない。それでも、抹茶ソフトの味がわかる。抹茶に似ているということがわからなくても、抹茶味のソフトクリームはおいしいみたい。それって一体どういうこと。目の前のクラスメイトはおいしいと言った、おすすめだよと言った。もしかして私がまちがっているんだろうか、私が、味覚だと思っていたものは実は未完成なのではないか、不安になる。

　昔、どうして、恋愛なんていうものをみんなが受け入れているのかわからなかった。永遠の愛を手に入れたことがある子なんて、そういないはずなのに、恋に積極的になれる子のことがわからなかった。これこそが愛だ、ということすらわからない体なのだ。私たちは愛とはなんたるかを知らない。それでも、これは恋だと言ってしまえる。自分の愛が真実の愛かどうか判断する基準を持たなくても、その人を愛していると自信が持てる。それって一体どういうこと。目の前のテレビドラマは、友達は、大人は、恋をしなよと言った。もしかして私がおかしいんだろうか、私が、感性だと思っていたものは実は未完成なんじゃないか。不安になる。

感性が全員一緒なわけがないのに、全米が泣いている。そこからこぼれたアメリカ人はきっとたくさんいるはずで、でもこの言葉が作られた瞬間、みんな死ぬこともなく消えたのだ。愛をみんなが手をつないで歌うけれど、愛が星をすくうのだと芸能人が訴えるけれど、「愛」を見つけ出すアンテナ自体が個々人で違うことは明白だった。それでも、愛が地球を救うのだとしたら、地球を救えない愛は、みんな死ぬこともなく溶けて消えた。どう見たって海でしかないものを愛だと呼ぶ人もいる。どう見たって紅葉でしかないものを愛だって叫ぶ人もいるし、札束を愛だと呼ぶ人もいる。みなさん、さようなら、さようなら。それは愛ではありません。

お互いがお互いに最弱のまま、生きていた。自分の感性が他人の感性を説得することなどできない、思い知らなくては、親切にも拒絶されるために覚悟しておかなければ。私の舌がかんじとった味を他の誰かが知ることは、決してなかった。人は孤独だ。抹茶ソフトは老若男女(ろうにゃくなんにょ)に大人気！　だから、私が、抹茶ソフトを否定する気持ちは、存在しなかった。それは、味覚ではない。

私はチョコソフトが好きです。今年も、抹茶の季節が始まる、店には抹茶のメニューが増え、私は売りさばかれる抹茶ソフトを見つめている。チョコレートの季節は2月で終わりましたよ。愛が、世界を救う。愛が救うのが、世界だ。私が暮らす場所は世界ではないのかもしれない。そこは、世界ではありませんよ。私は、チョコソフトが好きです。チョコレートの季節は、2月で終わりましたよ。

ケーキのために、
ロケットを。

ロケットの発射シーンを見ると泣きそうになる。昔からそうだった。轟音にびっくりしただけじゃないかと思った方がまだしっくりくる。宇宙開発について、思い入れがそこまで強くないという自覚もある。宇宙は好きだけれど、べつに寄付とかしてないし。でも、泣いてしまう。はやぶさが帰ってきたとき「おかえり！」と言ってしまうような、そうした共感の涙ではなく、ただただ機械に対して、涙が出てしまう。機械が生きているように、見えるわけじゃない、はやぶさに関わってきた多くの人のことを思ったわけでもない。ただロケットを、はやぶさを、見ると涙が出た。感動、というのは思考より感情よりも早くにやってくるから、どうして感動をしたのかっていうことは、辿ろうとしても結局後付けにしかならない。なんで感動したのか、考えても考えてもどれもが怪しい。そのうち、感動をしたというそのときの感覚が薄れていき、後付けだったはずの理由だけが残される。砂浜にはたしかに波がやってきていたのに、いまでは異国から来たコカコーラの瓶だけが残された。それがすべてだと、信じてしまっていいのだろうか。海はあるよ。自分を、自分でつまらなくしても得などしない。

　ロケットを見ていたら泣けてくる、そういう種類の体を持っているというだけじゃないのだろうか。山を見ていたら泣けてくる、ということは私にはほとんどないけれど、しかしそういう人がいるのも知っている。月を見ていたら、一面の桜、もしくは紅葉を見ていたら。美しい壁画を目にしたら、子供達の発表会を見ていたら。どれもこれもそういう性質の体である、というだけなのかもしれない。感情が心のものだとすれば、感動は体のものなのか。そう思うことはさみしいことなのか、つめたいことなのか、わからない。普通のことだと私は思ってしまう、それはロケットで泣いてしまうという妙な体の持ち主だからかもしれない。こんな涙に、説明できる心の機微があってたまるかと思っているのです。鳥肌がでたり、涙が出たり、そして心が慌てて「おや、泣いているぞ！」「おや、鳥肌が！」、なんらかの「感情」を表す言葉を検索しはじめる、それだけだった。感動は、あきらかに感情とは別のものであるはずだ。

体のコックピットに乗っているのが精神である、とは思わなかった。心が主体となって、体を理解していく、コントロールしていく、ということがどうしてもぴんとこない。体もまた主体であって、私はこの二つの主体を、どちらもきちんと把握しきれずに、だからこそ両方のいうことを聞いて、なんとか「自己」の輪郭（りんかく）を読み取っている。それでも感情をかたどる言葉はたくさんあって、かなしいということやうれしいということが、第三者へのメッセージとして用いられることすらあった。その流れをたどっていけば、私はわけのわからない感覚にもすべて言葉が当てはまる気もして、やろうと思えばなにもかもが感情に思えるようになる気もして、ちょっと不気味だ、と本能的に思う。ロケットに泣いたのだ。そこにはなんの理由もないのだ。孤独だったからとか、偉業に圧倒されたから、とかそういうことではなくて、蟻（あり）が人間に踏まれそうになって慌てて走り回る時のあの感覚にきっと近いはず。それをそのままにしておくことの困難さをずっとずっと感じていた。

そういうときはおいしいものを食べるのが一番いいに決まっている。おいしいものをたべて「おいしい」と思うとき、私は私の感覚を、体の中で完結させているってわかるから。気持ちなんて関係のないところで、私はその感覚に納得をして終わらせている。「これと同じ、ロケットをみたときと、ケーキを食べた時の感覚の手触りは、同じ、同じ」ロケットを見ると、何か食べたくなる。できれば複雑にクリームや生地やソースやクリームが絡み合った、複雑なケーキが食べたくなる。ついでにぐっすり眠りたくもなる。

また会おう、タイ料理。

好きだ、タイ料理。得体の知れなさという点では、いつもおそるおそる食べ始め「この透明のタレはいったい……ヒッ辛い！」と光の下で闇鍋でもしてんのかというリアクションをしてしまうけれど、でも好きだ、タイ料理。あいかわらず、料理についてくるドレッシング？　タレ？　の名前を覚えることができない。ドレッシングなのに激甘とか激辛とか、（名前をちゃんと覚えないからなのだけど）そういう罠にエンタメ的な楽しみ方をしてしまう。何かが足りないと思うこともあるし、何かがとてつもなく過剰、と思うこともある、ふわふわとした、私による私のための私だけにしかわからない「ちょうどよさ」になど合わせてもくれない。形容しがたいという言葉に頼ることはできないけれど、しかし私の経験値ではやはり形容しがたい味で、そんなとき私は「好き〜この味〜くう〜、あれ食べたいなと思い出すこともできないほどに私の脳内では再現不可能な味だけれど、でもまた食べに来たいよ〜記憶するよ〜食べに来たいという事実だけはなんとしても記憶するよ〜！」とくりかえし頭の中で念じている。

頭の中で食べたことのある味を思い起こすためには、きっとある程度の予備知識が必要なのだろうな。突然、単語のひとつも知らない国の言葉を聞かされてもまったく記憶できないのと同じで、記憶するには事前にある程度の語彙（ごい）力が必要なのだ、食べ物にも。「ソース」だとか「ケチャップ」だとか、知っている類（たぐい）の味があるからこそ、ナポリタンやらお好み焼きの味を思い出すことができる。そして、タイ料理に対する私の味覚の「無知」さが、肝になるのです。おいしいとは思った、でも決して頭には残らないこの味。そしてその忘れてしまうということが、タイ料理を4倍魅力的にしているはずだ。

食べたいな、と思ったときその味が思い出せてしまうと、「思い出せるならまた今度でいいや」とか言い出してしまうことがあり、だって再び食べる意味がないでしょう、思い出せるんだから、とのたまうこの矛盾（むじゅん）。大好きな食べものほど何度も食べ、そして忘れることがなくなり、まあ今日食べなくてもいいかなんて思ってしまってはや数年、あ、もう何年も食べてない！　好きなのに！　なんてことが当たり前のように起こる。幸せからどうして自動的にひとは遠ざかってしまうのだろう。「好き」という感情を保つためには、定期的に接していかなきゃいけないのに、定期的に接していると新鮮味がなくなり好きだったかどうかも怪しくなるなんて、永遠なんて概念、知らない方が人はきっと幸せだったんでしょうねえ。そしてだからこそ（だからこそ？）、タイ料理が永遠のあこがれとして私の心の中で輝き続けるのだった。あのひとはいつであっても新鮮、そしてかならず忘れてしまうの。だから、いつも心の底からこう言えるんです、ありがとう、またお会いしましょう！

（思い出したつもりでいても、本当の意味では思い出すことのできていないものがきっとたくさんあるんだろう。楽しさもうれしさもおいしさも、もしかしたらそうなのかもしれない。それでも思い出せていないというそのことには気付かず、大好きになった場所やことやものも、何度も何度も手にしてそしてすっかり「慣れた」つもりになった。最初に見た喜びは、擦り切れたテープのように、再会するたびに色あせて、最初からこんなものだった気もしてしまう。次第に人生のきらめきはこの程度のもの、とわかったつもりになり、私は手のひらの上に自分の人生を置いた。本当は、多くの巨大な宝石が指と指の隙間からこぼれて、歩いてきたその道にころがったままなのかもしれないな。好きなものを見つけて、それらとともに暮らし続けることが本当にいいことなのかわからなかった。好きと思ったその最初の、そのときに私が見ていたものはもうどこにもないいんじゃないか？　人生は長いけど、立ち止まることは決してできない、そのことが、期待にも、不安にも、つながっていく。）

アイスクリームは魔法味

子供のころ、アイスクリーム工場からハガキが届いて、アイスクリームの国に招待されるという内容の本を読んだことがある。どんなファンタジーやＳＦより私にはその物語が魅力的だった。アイスクリームならそんなこともありうるだろうと、私は心底期待をしていた。原材料を見てみたらよくわからない単語がならんでいるし、きっとこの青色１号とか赤色３号とかは大人が私たちに内緒にしている魔法の類に違いない。工場で作っているんだから、その過程がふしぎなものであってもなんらおかしくない。というかどうして冷たいの？　なんで凍っているの？　なめらかに溶けるの？　お家で作る人がいないのはどうして？　この世界の物体としてあまりにも不自然。アイスクリームの国があるっていうほうが、むしろ自然にみえていた。

子供から見た大人の世界には、ファンタジーがたくさんあった。銀行に行けば箱から謎のチケットを手に入れて、そのチケットに書かれた番号が呼ばれるまでじっと待っている。あのチケット、どうやって機械からでてくるんだろう。

来た順番に呼ばれるのかと思ったら、あとできたおばさんが先に呼ばれたりして、あの人はもしや選ばれし人？　ルールばかりがたくさんあって、大人はそれに黙って従っているけれど、なぜそんなルールがあるのか、そもそもルールはどういったものなのか、まったく全貌が見えないせいで、私はその向こう側に物語を探していた。機械の中にちいさなおじいさんが暮らしていたらどうしよう。「そういうルールだから」という説明は、何か重大なことを隠しているようにしか思えない。本当は魔法なのかもしれないと、期待するのも、だから私にとっては自然なことだったんだ。ただの無知。でも、ただの無知が、私の見る世界を、ファンタジーに変えていた。

　銀行のチケットについては、その10年後、一人ではじめて銀行へと出かけたときに、取っていいのかわからずにその場を10分ほどうろうろしたりしつつもなんとか利用することに成功し、「なんだ、こんなことか」と理解することができた。ルールは従うことを受け入れれば、一気に、現実味を増すね。大人になる、というのはそうやって、ルールをほどき、無数のファンタジーとお別れをすることなのかもしれないな。

けれど、アイスクリーム。きみの作り方は未だに何一つわからないよ。工場で作っている、と納得したふりをしても、工場の内部構造を何一つ知らない。そもそも原材料の名前が知らないものばかりじゃないか。青色1号も赤色3号も、わかったふりをしているだけで、本当は実物を見たこともない。凍らせればいいんだろうな、と思いながらも、どうやってクリームが、氷点下でもクリームらしくあるのか、それすらわからないアイスクリーム。「得意料理はアイスクリーム」というひとにも出会ったことがないし、「手作りのアイスクリームのおすそわけ」にも出会ったことがない。「ああ、こういうことね」といつの日か言えるようになるのでしょうか、言えないで死んでいくような気がするよなあ。そして、むしろ何も知りたくないとすら思っている、工場で生まれてこそアイスクリームはアイスクリームとも思っている。ああ！　なんとか、ペンギンが作っているということにならないでしょうか！　なにが、「ああ、こういうことね」だよ、大人だからといってすべてを知っているかのような態度で不思議を受け流したって、なにひとつおもしろくないのだよ。世界には謎が多くあり、私のどこかを必ず無知にしてくれる。そうでなければ楽しいことも、なくなっていくよ。だから、ありがとうアイスクリーム。

グラタンへの愚鈍な好意

子供のころに好きな食べ物というのは、特別な食べ物、という意味合いがどうしても強く、聞かれるとケーキだとか外食で食べたことのあるご馳走とかそんなものの名前を口走ってしまった。もちろん、家庭料理が好きでなかったわけではなくて、ただ好きとか嫌いとか思わなくてもいいぐらい、食べたいときに「食べたい！」と言えば食卓に並んでいたのだろうと思う。ぜいたく！ 親に感謝しなくてはいけません。そういえば私の親は「好きな食べ物」を聞くのではなく「今日食べたいもの」を聞いていた。その辺も関係あるのかもしれない。親が毎日ご飯を作ってくれるというのが当たり前でなくなれば、好きな食べ物というのは一気に家庭料理に染まっていくよね。そっちが特別に、なっていくからね。私は社会人になってやっと、自分がグラタンをとんでもなく好きなのだということに気づきました。「私はグラタンが好きなようなんだけれども」と親に話すと、「いやそんなん離乳食のときからそうだったよ」と言われてしまった最近です。

好きなんて感情は、愚鈍（ぐどん）なのが普通なのかもしれない。好きなものが自分を作っているなんて全くの嘘で、自分だって何が好きなのかわかってさえいないのだ。それでも好きなものを羅列（られつ）しただけのプロフィールってあたりまえにあるし、毎日誰かと話していると、好きなもののことばかり言ってしまう自分がいる。誰かと、自分が共有できることなんて本当に少なくて、むしろたぶんほとんどなくて、だから共有とか共感なんて期待しちゃいけないのだけれど、じゃあ、共感されなくても、たとえ否定されたとしても、それでもいいと思える気持ち、そんな場所に晒（さら）せる感情なんて「好き」ぐらいだということも、わかってしまった。好きなものを話すことは自分を語ることにはならないのだけれど、でもそれぐらいしか、他人に晒せることってないのだ。好きという気持ちになら、何を言われても、「まあそれはきみの意見だから」と思える気がしていた（現実は違うかもしれない）。そうやって好きなもののことばかり話すようになり、そのうちそれが「私」ということになり、あらためて自分語りをしようとすると、同時に、自分のことを語ったぐらいで傷つくのも、他人を傷つけることになるのも嫌だなあ、という気持ちが湧いて、こうやってなんの意味もない「好きなもの」トークにすっと戻っていってしまう。私は、私一人しか知らない自分の感情をいくつも抱えたまま、歩いていくしかない。まあ、それでよかったのだけど。さみしさという言葉があるせいで、私は自分をすぐにさみしいってことにしてしまう。よくないね。自分を語ることの意味自体、実はとっくにわからなくなっている。

軽薄なコミュニケーションといえばいいし、殴り合ってこその友情という人は毎日傷だらけになればいいと思う。好きということだって他人に知られるのは怖いという繊細な人もいるんだろう。私は私の「好き」が愚鈍だということを知っていて、だからそれを持ち出すことができているのかもしれない。そうして軽薄になっていくことは実は妥協でもなくて、むしろ最初から、それがちょうどいいと思っているのかもしれないな。自分の内情を語ることは相手との関わりに何も意味がない気がして、私がどんな人か知ってもらうこと自体、私にとってもどうでもいいことのように思えてきて、孤独だとかそうした感情にも関係がないような気がしてしまった。私たちは分かり合えないのではないか？　分かり合えないけれど同じ星にいる、ということが、本当は大切なのではないか？　いっしょに一つのゲームをするとか、映画を見るとか、音楽を聴くとか、そういうことが大事に思えた。私は、親しい人のことを実はほとんど全く知らず、それで時間は成立していた。コミュニケーション、とかいうものが本当によくわからない。「いっしょにいる」ということ以外は、もうなにもわからなくなっている。

フォトジェニック、
愛したい。

写真映えすることを、フォトジェニックといいます。

フォトジェニックな美人、フォトジェニックな桜。

そして、フォトジェニックな食べ物。

この原稿を書きはじめたのは2016年の前半で、そのころはまだフォトジェニックという言葉は今ほど一般的でなかった。当時書いた初稿バージョンには、冒頭の「写真映えすることをフォトジェニックといいます」という記述から始まり、さらにその10倍はフォトジェニックについて解説をしていて、ああ～1年で世界は変わりましたな（今は2017年8月です）。フォトジェニックという言葉はとにかくインスタによって広まったように思う。というか、それに代わるインスタ映えという言葉もあるぐらいだしね。インスタ映えするパンケーキ、インスタ映えするフルーツサンドイッチ、フォトジェニックな焼肉、おにぎり、ハンバーグ！


ところで私は、インスタグラムで食べ物の写真を見るのが好きです。

写真を撮るために人気になる料理や、撮るために注文される料理があるというのは知っているし、それにたいする非難があるのも知っている。私は食べるときは食べることしか考えないから、写真を撮ろうと思う前にすでにひとくちふたくち食べちゃって、おかげで撮ることなんてもうほとんどできないし、撮っても投稿はしないのだけれど、そのぶん、インスタに載せたいという理由で三十年続くグラタン料理が急に流行したって話をきいたり、写真を撮るためにお一人様が見た目重視で巨大なパフェを選んでいるのを目撃したり（でも残す人は最低だと思う）すると、どきどきしてしまう。私が好きな食べ物写真を撮っている人たちがそこにいる！　とどきどきしてしまう。インスタの食べ物写真は本当に「おいしそう」で、そしてその「おいしそう」がちっとも生臭くなくて、実際に食べたいとは思わないあの感じ。なんか、ドライですよね、においがしないかんじがする。ただ食べ物がきれいに見えて、なんとなく「食べるっていいな」という気持ちになって、それでおしまい、そこが、私は好きだった。静かに、明日のごはんもちゃんと食べたいものを食べよう、という気持ちにだけなる写真。

　おいしいお店を探すためにインスタの食べ物写真を見ているわけではないので、情報収集として役立つことなんてまったくないし、それなのにどうしてみるのか、と言われることも時々あるのだけれど、でも、「自分のものにならないのにどうしてみるの？」そんなのかわいいペットの写真やら絶景の写真だって同じじゃないのか。

　SNSで写真をアップするためにレストランでおしゃれな見た目のフレンチトーストを頼むひと。撮影後はちゃんと食べるけれど、でもそれは食べ物ではなくて、被写体として彼らの中で存在している。不純？　不純かもしれない。贅沢な、価値観なのかもしれない。贅沢ができるって、でもそんな悪いことなんだろうか。「おいしさ」で食べ物を選ぶこと自体、「生きるために食べる」という本質から見れば不純なのかもしれない。贅沢なのかもしれない。贅沢ができるって、でもやっぱりそれ自体は、そんなに悪いことじゃないと思う。

　おいしさより肉汁を溢れさせることに特化したハンバーグや、味付けより彩(いろど)

りを優先したパフェの写真、知らない国の知らない食べ物の写真や、昔懐かしい食べ物の写真、そうしたものに触れて、私はまちがいなく、食べ物がさらに好きになっている。おいしいものが好きだ、おいしそうなものも好きだ。贅沢だけど、でも、やっぱり食べ物は生きるためだけにあるだなんて思いたくなかった。ずっとこれらと共に生きていくんだよ。共に生きていくんだから、愛せる限り、すみずみまで愛したいじゃないか。フォトジェニック、愛していたい。愛していたいです。

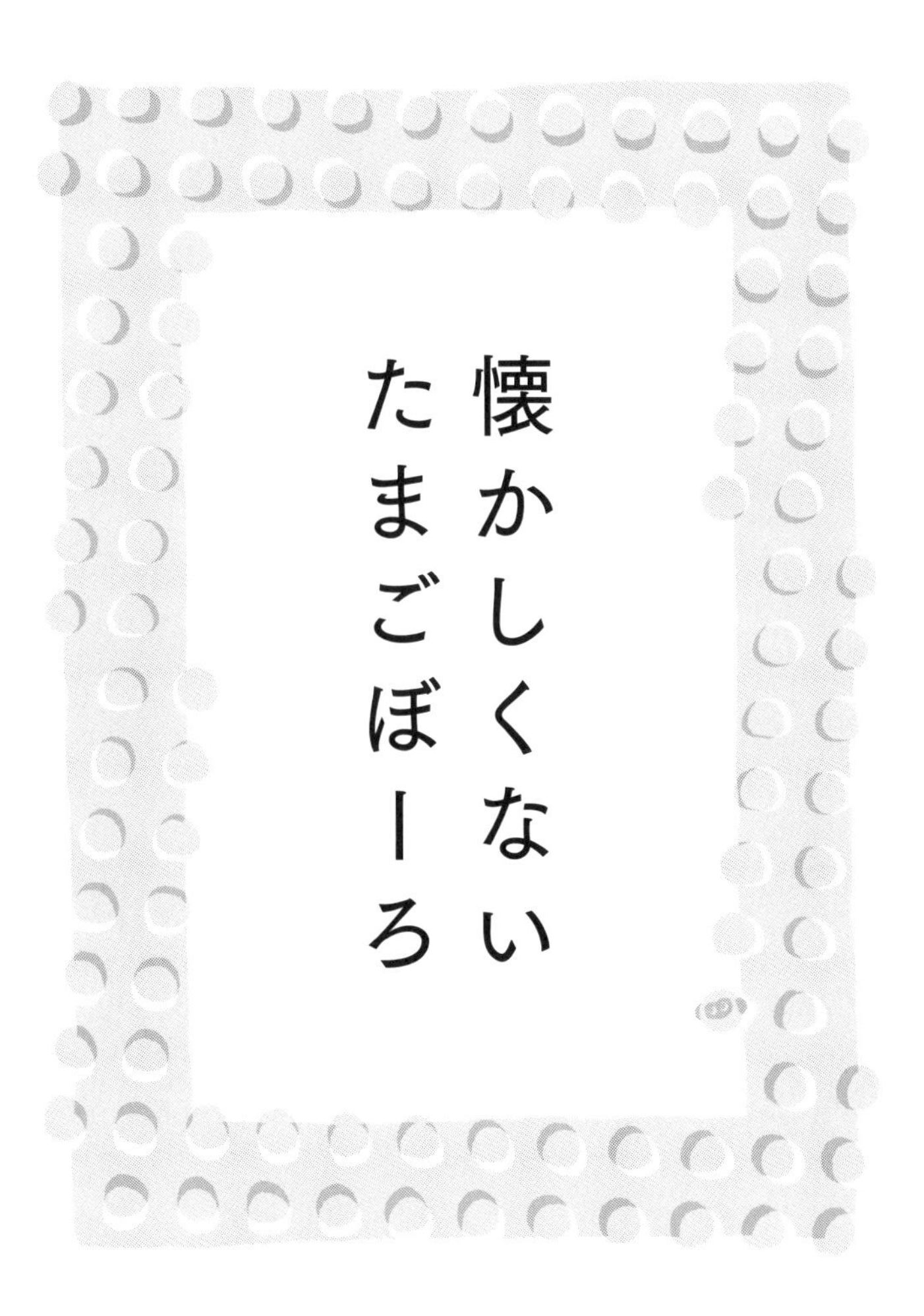

懐かしくない
たまごぼーろ

たまごぼーろというものを本当にひさしぶりに食べた。思っていたより硬くて、あまい。食べて、そうそう、これこれ、みたいなことは微塵も思わなかったのに（見た目で想定していたよりも甘く、しかし普通のお菓子の甘さとは違って、非常に脆い甘さだった）、私は口に入れた途端「懐かしい」なんて言って、「あ、嘘です」と直後訂正をした。昔、実際にこれを食べたことがあるのか、そのことすらわからないのに、なぜ私は懐かしいなんて言ったんだろうな。素朴な味に対して「懐かしい」というのがいつのまにか癖になっていた。素朴にも、懐かしさにも失礼だろうよ。というか、そもそも感情に結びつけた感想って、どれもこれもが胡散臭くないか？

味というのは、主観に見えて、結構な範囲で客観なんだ。もちろん好みはあるし、他人と「おいしい」の定義が違う、というのはあたりまえのことなんだけれど、でもだからって、悲しみや喜びほど個人的なものでもない。自分が何をおいしいとおもうのか、それは調べていけば数値化だって可能なはず。心・感情のものであるふりをしているけれど、でも実際はほとんど、理性なのではないか。おいしい。あ、それから美しさもきっとそう。

美しいものを見たときに、「美しい！」と言うのって、なんか変だなあと思っていた。事実を述べているだけですよね。赤いものを見て「赤い！」と言っているようなものですよね。それなのに、まるで心の底から出た言葉のように響いている。どうして。詐欺ではないのか。事実のはずが、心臓の底にある感情すらつらぬいて、思考回路そのものを染めてしまえる、そういう力って異常だなあ、と思いながら、それが心地よいから繰り返しているのだとも思う。感動とはもしかしたら、事実が感情というものに押し勝ってしまうことなのかもしれない。圧倒的な事実だ。事実が「私」を押しつぶしてしまったそのときに、その言葉はやってくる。「美しい」はだから特別で、だからこそ、自分についてのなにもかもを見失いたくなるときに美術館に行きたくなるのかもしれない。

おいしいものを食べて「おいしい！」と言ったとき、そのままやん、とは思わない、言われない。むしろ「うれしい！」と言われた方が、遠回しだと思ってしまう。ほんとうにおいしかったですか？　事実でしかない言葉がいちばん素直にきこえてしまう。だからきっと、「おいしい」は、感情ではない。感情なんか関係ないと、押し切る、事実の力だった。なのに、どうして懐かしいなんて、たまごぼーろに言ってしまったんですか。それは卑怯ではないのか。言い訳がましいのではないか。事実として「おいしい」と言えなかったから、言えるほどではなかったから、私は感情を持ち出し、「懐かしい」と新たな価値を付け足して、自分をごまかしたのではありませんか。別に誰かに伝えなきゃいけなかったわけでもないのに、独り言でしかないのに、どうしてそこまでして、自分が「食べた」という事実を、意味あるものにしようとするのか。価値を高めたがるのか。なにより感情すら私にとって便利な道具になっているというのが恐ろしい。感情が強いカードだとすっかりわかっちゃって、すっかり使いこなしちゃって、このまま「悲しい」を武器にする人でなしにならないか不安ですね。自分の感情を人質にして他人と渡り合おうとすることは、絶対に避けたいけれど、言葉がある限り完全になくすことは困難なのかもしれないな。感情を、透明のものとして、見つめ続けるにはどうしたらいいのだろう、もうずいぶんくすんでいる、色がついて、淡いピンク淡い青淡いみどり、綺麗な色だ、綺麗な色が見えていて、つかみたくなる動かしたくなる、どうやってこれを、無視しつづけたらいいんだろう。

良い サンドイッチは ミステリー

なにが入っているのかなんてまったくわからないけどおいしい、というものが料理の究極であるように思う。フランス料理なんてだいたい得体の知れない色の得体の知れない質感の物体が皿の真ん中にセッティングされており、食べるまで一切の予想がつかない。レストラン紹介番組を見ながら「おいしそうやけど味想像つくし別に食べんでいいわ」とか言い出すひとがいるけれど、そうした料理と真逆にあるのがフランス料理、なのかな。見た目からは味が想像つかない、食べれば知らないおいしさに出会うことができる、そんなのもはやミラクルでは、と思うけれど料理とはそもそもそういうものなのかもしれない。シェフは魔法使い、ということにでもして話を終わらせてしまいたい。

最近サンドイッチが好きになった。こちら、素材が限界ギリギリまで丸見えです。素材の味が生きている。それしかない食べ物、サンドイッチ。私は最近それがおいしいと思うようになった。「得体が知れないけどおいしい」が究極、という私の価値観を再検討せざるをえなくなっていた。きっかけはホテルのモーニングで食べたアホみたいに高いサンドイッチ。アホみたいに高いのに、ハムとか卵とかツナなのに、おいしかった。全部知っている素材が全部知ってい る配分で並んでいるよ？　でもおいしいよ？　なにこれ、怖い！　怖いと好きになるのか、それは大丈夫なのかと思いつつ、私はそれであっさり、サンドイッチが好きになった。

素材はありきたりでスーパーで売ってそうで（実際スーパーで買い出しして そうな喫茶店で食べたサンドイッチがこれまたおいしくて困った）並べ方もありきたりで、それなのに、おいしい。想像した通りの味になんて簡単になるはずで、それこそ人間の想像力をなめてはいけないはずなんだけれど、だからこそ、おいしさは突然やってくるんだね。素材が一流なのかと思ってトマトの部分をかじってみたらやっぱり普通のトマトだし、卵も普通においしい卵。こんな目分量みたいなやりかたでサンドイッチ用パンにサンドして、そしてそれでおいしさが維持されているなんて、もう職人技を超えている。簡単に崩れてしまうサンドイッチ。簡単にバラバラになるサンドイッチ。それなのに、一緒に食べておいしいサンドイッチ。もう自分が何を味わっているのかわからなくなってくる。

私は神戸生まれで、パン屋が小さい駅にだって4軒はあるという大阪の粉もん帝国もびっくりのありさまの地域で育ったため、パンの匂いが朝の匂いだった。こう書いてしまえばちょっと素敵にきこえるけれど、実際に低血圧で寝不足な朝にパンの匂いは最低だった。こっちは食欲がないのに、「おいしそうでしょ」アピールが強すぎるパンの匂い。こうばしいからなんなのか。なにをそんなに誇ることがあるのか。私はつまりパンが嫌いで、要するにサンドイッチなんてまったく興味がなかった。同じようにハンバーガーに対してもそこまで熱意がないというか、なぜパンで挟むのだろうといつもいつも疑問だった。ガーよりグーだろ。持ちやすいようにパンで挟んだだけであるはずで、でも今時は紙にくるんだまま食べるよう促されることもあるわけで、要するにパンはもはやいらないのではないか。ファーストフードのハンバーガーや、コンビニのサンドイッチの、あのあたりまえのように具と一体化したパンの傲慢（ごうまん）さがどうしても納得いかない。パンをできる限り食べずにいたかった私としては、その自由のなさ、受け入れがたい。サンドイッチ、ハンバーガー。たのむから物理的に一体感を出さないでください。パンがそこにあることを必然かのように押し付けないでください。

　私が、おいしいと思った喫茶店やホテルのサンドイッチは、逆にパンどころか全ての具が今にもばらばらになってしまいそうな、そんな危うさに満ちていた。パンがそこにあることにたいしてパン自身が疑っているような。この、二種類のサンドイッチがもしも空から降ってきたなら、それらはまったくちがう落ち方をするはずだ。決してばらけることなく、そのままの形で落ちてくるものと、パンがソフトな肌触りのまま風のようにふわりと落ちて、そして卵、トマト、きゅうり、ハム、が順番に落ちて、さいごにふわりと2枚目のパンが蓋（ふた）をするように降りてくるもの。後者は本当に料理なのか？　と想像するたびに思います。素材以外は何も入っていないということが研ぎ澄まされていくと、本当に素材と素材と素材と素材、という形の料理ができてしまう。1枚の皿の上に偶然居合わせた素材たちが、その流れで逸品の料理ということになっているだけのような、そうしたつながりの薄さ。それでも一つの料理として成立してみえるのはなんなのでしょうね。物理的に無理矢理パンと具材を一体化させて、「サンドイッチです！」と主張したコンビニサンドイッチならともかく、ただ素材を並べただけのものがきちんと口の中で料理だと、サンドイッチだと、強い説得力を持って主張しているのは不思議議だった。そしてこれはもしかしたらフランス料理と同じなのかもしれないとも思う。おいしいけど、おいしいという部分がまったくもって意味不明、というのは同じだものな。卵とトマトときゅうりとハムとパンでしかないこの物体をサンドイッチだと私が認めてしまっているその理由すらも意味不明なんだし、一周回って同類なのかもしれませんん。フランス料理はもはや何がそこにあるのかすらわからない混沌を見せつけながら、しかし味わったことのないおいしさを口に広げてくれるという点が好き。サンドイッチは逆に、どんな料理よりも手の内を晒して、「何も隠してないよ」と証明して、そうですか、と認めざるをえない状態にしてから魔法にかけるタイプだし、私はそれもまたそれで好きだと思う。

サンドイッチ、簡単な料理として紹介されることは多いけれど、見るたび、簡単ではある、簡単ではあるけれどお手軽ではない……！　とつい唱えてしまう。サンドイッチ、それがおいしくなるのかどうかは、どう作るのか、何で作るのか、なんてことでは決まらない。作る人の手の形かな、力加減かな、なんて推測はできるけれど、できたところで再現ができない。要するに私の手には負えないのです。サンドイッチ、おいしいものほど簡単そう。でも、それでもこれからも、お店で食べていくつもりだよ。

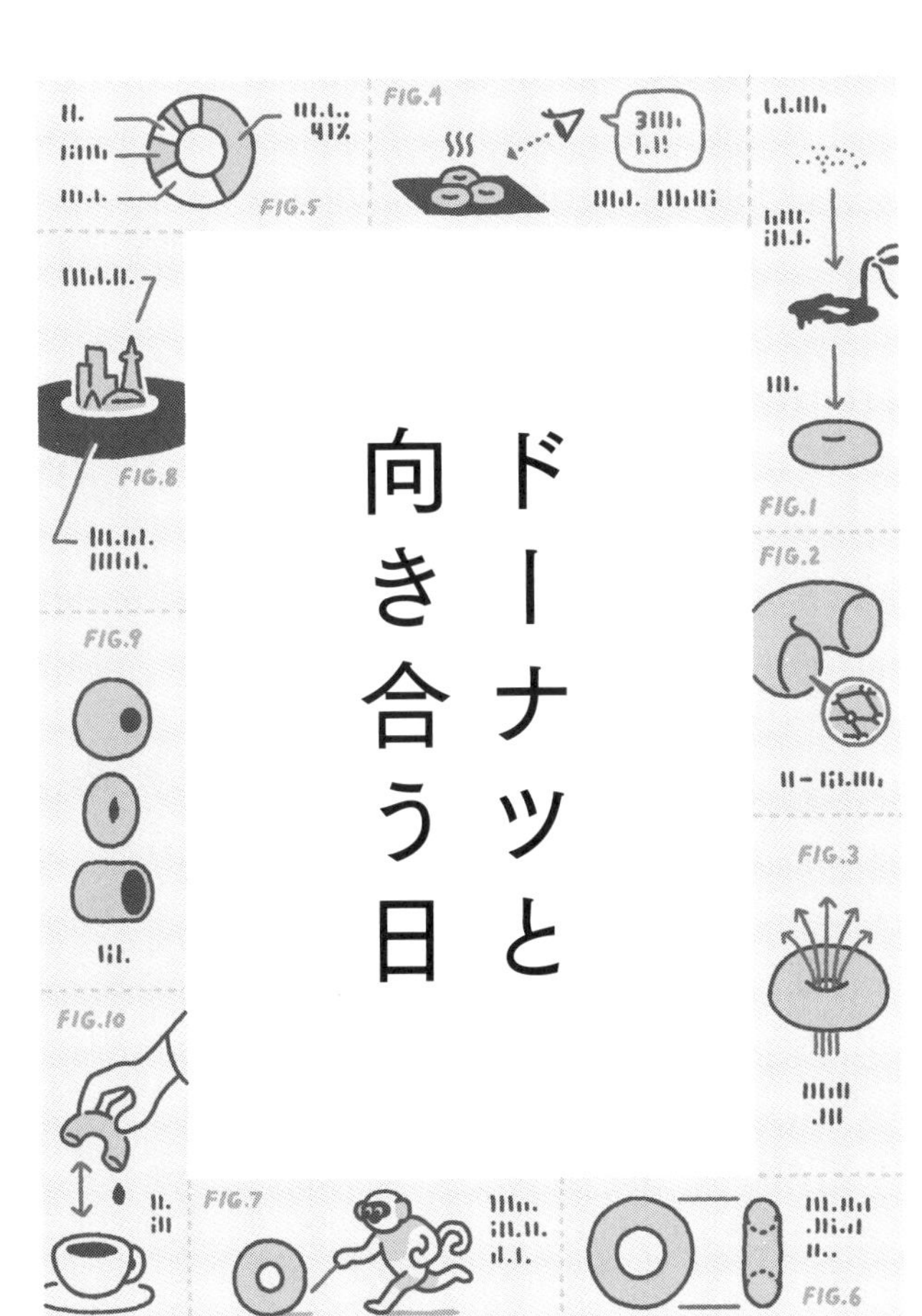

ドーナツと向き合う日

ドーナツとは一体どういう食べ物なのかわからない。ドーナツのお店はたくさんあるけど、どれもこれも違いすぎるし、どれもこれも独自の進化を遂げているように見える。全員ガラパゴス諸島、世界地図がつぶつぶ。コンビニに売られているドーナツもそのバリエーションがすでに「穴が空いているという以外になんの共通点があるのか」というぐらい豊富で（穴が空いていないのすらある、どうしろというのか）、好きな食べ物として「ドーナツ」をあげたくなったそのとき、私は「ドーナツをどう認識しているのか」という問いに答える必要が出てきた。私の中にしか私の「ドーナツ」の定義は存在しないのだ。

生地がやわらかいのか硬いのかもあいまいだし、間にクリームを挟んだり、揚げてあったり、揚げてなかったり、小麦で作ったりおからで作ったり、ものすごく大きかったり、ものすごく小さかったり、クリームが皆無（かいむ）だったり、クリームを塗りたくっていたり。「パン」というのはかなりいろんな種類のある食べ物で、さらにはそれをみんながおおよそ受け入れていて、もはやお店が「これはパン」といえばパンということになっているし、ライオンが猫科、というぐらいのことではないかと思うのだけれど（伝わりますか？）、じつは「ドーナツ」もそれぐらいのものなのかもと思うのです。ケーキやチョコレートと同じようにスイーツの一種みたいな顔をしているけれど、もっともっと大きな枠組なのかもしれない。その気になればケーキもチョコレートもドーナツの一種として売り出すことができるのではないか。というか、だとしたらもう「パン」でいいのでは？　ドーナツには穴の空いていないドーナツもあり、もはやそれはどう見たって「パン」だし、パン屋にならんでもおかしくないし、っていうかパン屋にドーナツがあること結構あるし、もうパンってことにはならないのか？　ならないのか。この、ドーナツのぐらぐらアイデンティティ。

穴が空いていないドーナツを、私は「ドーナツが食べたい！」となったときに選択することは一切ないので、ここで私は「ドーナツ＝穴」と認識して食べているると仮定します。どうして穴のある食べ物を食べたくなるか、といえば、（無理やり理屈で逆算していけば）「どこを食べても側面だから」かもしれない。

クリームパンを食べれば、クリームが多いところと少ないところが出てくるし、メロンパンだって、かりかりの比率が高いところと低いところが出てくる。でもドーナツは均一。穴が空いているおかげで表面積が増え、一口食べたときに口に入るデコレーションの比率がほぼ均一となる。と、ここまで書いて私は自分が本気なのかわからなくなる。本当にそれで私が食べ物を選んでいるとすれば、ちょっと私は私が心配であるよ。パソコンを選ぶように食を選んでどうするんだ、私。というか、見るからにこれは後付けですね。

私は小さなころからずっと、口の中の水分を奪う食べ物がとにかく嫌いで、焼き芋とかスイートポテトとか全く許せないし、パンもドーナツも苦手だった。コーヒーというものを知り、アイスカフェラテのおいしさを理解するようになってやっと、飲み物と一緒に食べれば大勝利！　というそれらの楽しみ方を知り、私はドーナツを愛するに至った。つまりドーナツというものとの付き合いが非常に浅く、それなのに選択肢ばかりがたくさんあるから、「これが私のドーナツ」という強い意志を持つこともできず、ふわふわ世の中の「なんでもドーナツ現象」に流されてしまっている。食べ物のイメージって、食べ慣れたものが結局作っていくんだと思います。近所にドーナツ屋さんがあって、それを食べて育ったのなら私にとってドーナツはそれそのものとなったのではないかなあ。だれも「ドーナツって？」とならないのを見るたび、ひよこのオスメス判断職人のごとくみんなきっと「これはドーナツ」「これはドーナツもどき」という判断ができているんだろうなあ、とうらやましくなる。私の辞書にはドーナツという言葉が長らく不在だったのです。だから私は、ドーナツのこと、それなりに好きですが、永遠にそれなりなまま、１００％完全に愛することはないまま、生きていくのだろうと思います。

パフェは
自給自足の
ロマンチック

「ベランダを優雅に活用する余裕のあるひと」が、私には一番大人に見える。ロマンチックの自給自足、それができるなら大人と名乗ってもいいような気がしている。幸せは虚構だ、けれど、ロマンチックは栽培すらできる。ベランダにテーブルを置いて、お酒やらケーキやらを食べるようなそんなひとは、幸せかは知らないけれど、確実にロマンチック。そのときに食べるケーキは、呑むお酒は、どんな味だろう。実は大して変わらないだろう、これで幸せを感じられるほど、一本の弦みたいな感性ではないはずだけれど、それでも、ロマンチックだというそのことが救うものもきっとある。本当は何もかもが幻であったとしても、その一瞬がロマンチックと言えるなら、しあわせもよろこびも楽しさも、ただの蜃気楼だとしてもいい、そう思う穴のような感情が、確かに私の中にはありました。

ケーキやパフェが本当にそこまでおいしいのかと問われたら、私は返事に困ってしまう。甘いものが、星空が、日々に必要なのか、大きな幸せな人生というものに必要なのかと問われたら、戸惑ってしまう。週に一度は部屋の隅っこで「パフェ食べたい病」になるんだし、確実に好物であるはずなんだけれど、それでも、家でパフェを作ろうとはしなかった。ホイップクリームとスポンジケーキとフルーツを常備しておけばいつだって食べられるはずなのに、試みようとも思わなかった。外で食べるパフェがそこまで「パティシエの技巧によってしか実現できない味」であるわけもなく、むしろほとんどはアルバイトのおねーさんが作ってくれている「それらしい味」だというのに、作ろうと試みたことも、考えたことも一度もなかったなあ。だったら私は本当は、何を食べたいと思っているのかな。突き詰めればそれはロマンチックそのものなのかもしれない。

幸せなんてものを本当に求めているのかということがそもそも怪しいとは思う。なんだって幸せになりたいと言っておけば、感情の黒いシミの部分は網羅できるけれど、その中にはお腹が減っただとか糖分が足りないだとか、ただっぴろいところにとにかく行きたいとか、そういう感情もあるはずで、それを丸ごとまとめて「幸せになりたい」としてしまうことって課題を単純にした分、困難にもしている。私は、「本当にそこまで本気で、なりふりかまわず幸せになりたいのか?」ということがずっと気になっていた。幸せになりたいなんていうことを考えるのは本当に、自然なことなんだろうか?

それでも、「幸せになりたい」と思った方が楽なこともたくさんあるんだ。「別に幸せになれなくてもいいけど、今ロマンチックな気分になりたい」なんていう細かくて小さな欲求にいちいち従って暮らしていると、どうしてか何を満たしても、その代わりに何かを諦めてきたような不安に襲われる。それは、選択をしていく上では当たり前の現象だけれど、もしも私が心底「幸せになりたい」と願っていれば、何かちいさなことを叶えても、それがその先の大きな幸せにつながっている気がしたかもしれない。つまり、ごまかしが、きいたのかもしれないね。

それでもごまかすことより、自分の欲求や感覚を四捨五入せずに蓄え続けて、答え続けて、生きる人が大人に見える。それは、未来の大きな幸せには結びつかなくても、毎日のバランスを保つということにきっと関係しているはずだった。たとえば綺麗な喫茶店に入ることや、プラネタリウムに通うことや、美しいパフェを食べることは、ロマンチックをコントロールして、自分の心や体のバランスを正常に保とうとすることに思える。そして、今のところ、バランスを保つということより、幸せになるということが重要だとはどうしても思えない。思えないのだから、ちゃんと割り切ればいいのにね。私はそれができていないのだ。できないからこそ、できる人に憧れている。自給自足のロマンチック。お一人様でパフェを食べる、という行為、私にはとても大人っぽい。大人になるしかない人生ならば、私はそういう大人になりたい。

これでも
愛しているんだ、
鍋。

焼肉は炭火がいいとか、ごはんはかまどでたくのがいちばんとか、いろいろあるのにどうして、鍋はコンロでＯＫ、みたいな空気がでているのだろう。中身のことについてはいろいろ聞くけど、道具については、環境については、熱く語る人をほとんど見ない。鍋奉行（なべぶぎょう）がどうかということよりそれが気になる。私は、鍋奉行ではなかった、コンロだろうがなんだろうが構わないし、鍋だって土だろうが鉄だろうが構わないし、肉のそばにしらたきがあっても構わないけど、それでも、愛しているんだ、鍋。どうして愛しているの、それって、都合がいいからじゃないの、と鍋に問い詰められる気もする。そうだよ、楽だからだよ。何も考えなくても作れて、何も考えなくても食べられる。そんな鍋が好きなんだよ。

考えたくない、とにかく今は何も考えたくない、という、形の感情があるということを大人になってから知った。疲れたとかそういうことですらなく、悲しいとかつらいとか、そういうことでもなく、あ、今何も考えたくないわ、全てを自動化したいわ、と思ったとき、私はそれこそ自分がぎりぎりである、と気づくことができる、これぞ経験則。いたわりたくなる。つらいなら、悲しいなら、泣けばいいし愚痴(ぐち)ればいいが、考えたくないとき、どうしたらいいのか。時が解決してくれるし、時しか解決することができない。

何も考えたくないけれど、何も考えないでいると、お腹がすいたり眠くなったり、不潔になったり、部屋がぐちゃぐちゃになったりする。そうしてそれでまたいろんなことにしんどくなる。ああ、なにもできていない、ということを今度は考えてしまい、こんなことでいいんだろうかと、急に将来のことまで不安になり、時が解決するのにその時が来なくなる。だから、考えないままでなにもかもを進めていかなければいけない。とくにお腹が空くというのは大きな問題だった、何を食べるか、ということを考えて、どうやって作るか、ということを考えて、どうやって食べるか、どれから食べるか、ということを考えなくてはいけない。なんでこんなしんどいことを私はいままで平気でやっていたのだろうなあ、と思う。だめだ、さっさと寝ろ、と言いたい。が、寝る前に食べないと、空腹で目が確実にさめるぞ！

ということで何も考えずに、「作る」から「食べる」までをすんなり進めてくれる食べ物が必要だった。それが鍋です。鍋。具材はとにかく切る、そして汁を入れて、具を入れて煮て、食べる。食べるときはとにかく箸をつっこんでつかんだものから順番に食べる。そうして食べ終わる。ああお腹いっぱいと天井を見ていると、次第に体の内側がぽかぽかして、そういえばあの漫画ってそろそろ続きでてんじゃないの？ということを自然と考える、検索する。お、明日買いに行こう、決める、そのころには立ちあがって鍋を片付ける元気もあり、お風呂に入って、部屋をそれなりに片付けて眠ることだって可能になる。なにがよかったって、鍋が良かったのだけれど、鍋がおいしいから良かったというより、鍋が楽だから良かった。そんなことでいいのか。いいんだよ、たかが料理だろ！　ということで鍋奉行の人たちの鍋への愛は微塵もわからないま、それでも私も鍋を愛している、とひそかに誇っているのです。なんだったらきみたちより、愛しているよ。こだわりはないけれど、そのぶん、ぼくは鍋に甘えている。いや、甘えられることこそが愛だと思い込む程度には幼稚ではありますが、しかしその自覚があるなら許されるとも思いこんでいる昨今です。

担々麺経由
世界行き

ふと、「あれ食べたい」と思い出し、探し求めて想像通りのものを食べる、あのかんじはなんなのだろうな、と思う。そのときにはすでにその味が口いっぱいに広がっているというのに、その実物を味わいたいと思うのはなんなのだろうな。おいしいものを食べたときの喜びとはまた別のものが、私の先端からまた別の先端まで行き渡る。接続したような気がする。私は、私の記憶と現実が、指先と指先で接続したような、そんな感覚になる。

食事というのは空腹感への対策として、そしておいしいものを食べるという娯楽のために、行われていると信じているけれど、もしかしたらもっと別の何かが、関わっているのかもしれない。おいしいものが食べたいなら、いつだって今まで知らなかったとてつもなくおいしいものを食べつづけるべきだった。味を鋭く感知するには、その味と初対面である必要がある。それなのに、どうして時々、味もくっきり想像できるものを、そのまま求めてしまうのだろう。私の場合は担々麵(たんたんめん)。担々麵をラーメン屋で見つけるたび、でもラーメンを食べに来たわけじゃないですかと秒で却下しているというのに、家に帰って、寝て起きて、寝て起きて、ある日「あ、担々麺食べたい」と思ったその瞬間、担々麺のあのごまのスープがまとわりついた畝る麺がイメージされ、ラー油の気配と肉の歯ごたえがいつまでも私の口の中で再生されつづける。食べるまで！　ここまで想像できるのにどうして、食べるまで私の「どこか」は満足しないのか。なんだかこわいことですね。だってもう知っているんでしょう？　食べても、「そのとおり！」ってなるだけでしょう？　もしかして私の体の多くは私以上に、この世界を現実とは思っていないんじゃないか。食べることで、答え合わせをしているのではないか？　ああ、こんなこと考えるなんて気持ち悪いな、と思いながらも、でも、私は食べたいと散々想像したものを、実際に食べて、「そうそうこの味」と思うとき、妙に安心もしていたんだ。これは夢ではないね？　現実だね？　というレベルで、舌で、世界を、確かめている感覚だった。

そういえば。

視覚があり、聴覚があり、触覚があり、そしてその並列として味覚があるのだよな。味覚は、人間が外部を「感じとる」ための道具なわけだ。だとしたら、その味覚は幸せを呼ぶためだけのものでも、飢餓状態を回復するためでもなくて、世界を見るためのものかもしれない。そのことをずっと、知らずにきたけれど。味覚が鋭いということは「コックさんにでもなれるんじゃない？」程度のことだと思っていたけれど（それはもちろんすばらしい才能だ）。これがなければ私は世界のある側面を認識することが難しくなっていくのかもしれない。もちろん料理の味はわからなくなる、そして今はなんとも思っていないけれど、ひそかに24時間ずっと、空気の味をかんじつづけているのかもしれない。自分自身の味だって、体調によって気候によって、変わっているのかもしれない。口の中でいつも世界がパチパチと砕けて、自分に信号を送っている。それがなくなって、なくなった瞬間に、自分の一部が見えなくなったような、そんな不安に襲われるのかもしれなかった。今はそのことに私は気づかず、ただざらざらと味覚で「みた」ものをこぼし続けているのだろう。目に見えるものがすべてではない、聞こえるものがすべてではない、触れられるものはすべてではない、そんなことはよく言うし、そして思い知っているけれど、そのうちのいくつかは、私の舌が、味覚が、解決できるものだったりして。まさか、そんな！　味覚を研ぎ澄ませれば、霊感的なものも鋭くなったりして、まさか、そんな！　などと！　いうことも！　思います！（話が逸れました！）日々、私、味にうるさくなっている、感覚を研ぎ澄ませているといえば聞こえはいいし、実は本当にそうなのかもしれない。食いしん坊と言われても、だから、もう、めげないよ。

単行本版あとがき

ちいさなころは、食べものとか寝ることとかお風呂とか、とにかくしあわせになることがたくさんあって、1日が終わるのがとても寂しく、そして次の1日がやってくるのがとても嬉しかった。こんなにたのしいことがたくさんあっていいのだろうか、と心配すらしていたけれど、次第に考えなくてはいけないこと、やらなくてはいけないことが増え、なにひとつ問題が起きていないときだって、私はどうしてか消耗していた。時間という流れがやすりのようにでこぼこして、流れていくだけですり減っていく。しあわせがいっぱいだとおもっていたけれど、それは、そのうち生きているだけで疲れる日々がやってくるからかもしれない、私はそう思うようになった。おいしいものを食べることや、温かいお風呂に入ることや、ぐっすり眠ること、それらは特別なことではないし、慣れてしまうことでもあるけれど、でも、特別でない分、ある程度は人生の果てまで、持っていくこともできる。いつだって、力を借りることができるはず。どんな特別なサプライズより、巨大な幸せより、私に必要なのはそんなモバイル型の幸せだった。おいしいものを食べたい、お風呂に入りたい、寝たい、そういう気持ちに正直で、そういうしあわせにすなおな、そんな単純なひとでいたい。大人になったって、それは変わらないはずだ。いや、大人になったからこそ、それを守っていたかった。

慣れてしまえば単純さは、幼稚に見えることもあるんだろう。たべものの話をしていたら、食い意地が張っていると笑われてしまったこともある。まだそんなことで感動してるの？　まだそんなことで大騒ぎしているの？　なんて言われるのも、そりゃそうか、とは思う。それでも。幼稚な時間のほうが毎日がまぶしかったのを、私は覚えてるんだよ。食べることにこだわりがあるわけでも、新しい味を追求しているわけでもない。それでも、私は数百回目のハンバーグやカレーやからあげに感動がしたい。どうせ、生きるためには食べていかなくてはいけないじゃないか、毎日何かを口に運ばなくてはいけない、それならそれを一つのきっかけだと思ったほうが、風穴が空いて気楽じゃないか。今日は、何を食べよう。とても疲れているけれど、今日はどんなおいしいものを口にしよう。たしかに、食い意地、張っているかもしれないです。私はこれからも、食べることが大好きです。

文庫本版あとがき

食べるという行為が人間に必要なかったら、それを発明していたぐらいに好きか、というとそれはないと思います。食べるのが好きとはいってもそのために時間を割いたり、工夫をしたり、研究をしてみたりする気はなくて、私はなにひとつ「より良い食事のために」行動したりはしないまま、それでもそばにある食事を好きだなぁと考えます。どちらかと言えば、生きる限りは逃れられない「食事」という行為のなかで、嫌気がさしていたっておかしくないのに、運良く手を伸ばせば好きな味があり、自分が選ぶ自由もあり、そのおかげで、この義務をそれなりに気楽に捉えることができている、というだけのようにも思う。この気楽さをそのまま「好き」と呼べることが、私には幸運なことのように感じるのです。

世界に対して、こんなにも積極的な自分は他にいないな、とも思う。食べものは私にとっては外側にあるもので、たとえ摂取するのだとしても、やはり世界の断片であり、それなのに「世界に対峙する」というような覚悟のある行為としてではなく、もっと一方通行で身勝手な、私が手にとって、私がどう思うかだけで決まる関わりとして、食事がある、ということが不思議です。それは「世界を前にして見失わない「自分」を持つこと」に必死にならなくていい、ということであり、世界に真正面から向き合ってないように見えて、実はどんなときよりも、世界をシンプルに捉えているようにも思う。「おいしい」や「おいしくない」は私が感じ取るものだけど、でも私そのものというより、私の身体が勝手に捉えているもので、感情や思考とは切り離されていると感じます。自分であるけれど、自分そのものの意思かというとそれは曖昧で、だから私は、食べものに対しておいしいとか好きとか思っているときほど、「自分」がどんどん足元からいなくなって、自分とは関係のないところから、世界を観察できている気がする。世界も、ずっとそういう風に気楽に眺めてほしかったのではないか、なんてことを思ったりします。

食べものについて考えれば考えるほど、ずっと忘れるわけにはいかなかった、「世界vs私」という構図や、世界について考えるためにまず足場として思い浮かべる「私」という存在が消えていくのを感じます。そしてそれでも絶対に揺るがない、疑いようのない「おいしい！」「この味が好き！」という自分の声が残り、心許ないとは少しも思うことがなかった。世界は私を攻撃したり無視したり関わろうとしたりするものではなく、手元でくるくる回る地球儀のように、無関係すぎる存在として、でも今までで一番クリアに見える状態で現れる。自力で海を泳ぎ、魚を観察するのではなく、水族館で魚たちを見ているときのような、世界の見え方。食べものに「好き」とか「おいしい」とか思えている間、私は、そういう気楽で淀みのない、世界の見え方を手にして生きていけると思うのです。

読み直すと今はそれよりこっちの方が好きかも、と思うこととか、変わらず抹茶ソフトは食べられないな……とか考えることもある。そして私のこの変化が、世界にとって大した問題ではないんだということにとても心地よさを感じてしまう。この、ちょうどよく世界に放っておかれている感じを忘れたくないのです。私が何をおいしいと思うかなんて世界は興味ないでしょう、だからこそ私は、「世界の豊かさ」を好きなように眺めて、自分がそれにどう関わるかなんて忘れて、ただ美しいときに美しいと思えるだけの日々を、送ることができる。すべてがそうとはいかないし、食べものだけで見える平穏なのかもしれません。世界の豊かさが、人生の豊かさに直結する瞬間です。

文庫本版おまけ　最果タヒ的たべもの辞典（増補版）

あ行

あさまっく【朝マック】 肉

昼と夜のマックは、グラコロと月見バーガー以外の時期はさほど食べなくなってしまった。けれど朝マックは。朝マックは別です。私にとってのレッドブル。私にとってのモンスター。朝から翼を授ける朝マック。朝から朝マックを食べたくなる日は確実に体力か精神力が限界になっていて、そこで求めるのが朝マックである、という事実。味覚に塩分と油を限界まで投与して、思考停止する時の心が真空になるような心地よさが好きなんですよねぇ。

いちご【苺】 果

くだものは「おいしい」の味が濃いんです。最近気づいたんですけれど。おいしさが濃いだけだから、濃いから嫌だというふうにはならないんだけど、濃すぎて、私の舌は果物には相応しくない……といちいち不安になってしまうよ。苺はミルクをかけて潰してジュースみたいにするのが昔好きだった。（果物の濃さから本能的に逃げてた説。）

おこのみやき【お好み焼き】 粉

関西人だからお好み焼きは好きだろ、みたいな決めつけはやめていただきたい。関西人の家族によって、週に1回はお好み焼きかカレーが登場し続け、お好み焼きが嫌いになり、そこから逃れようと具材をアレンジしはじめる人間もいるのだ、私のように。大量のチーズと麵を入れることが私のプラ

イドです。（プライド？・）

か行

かきごおり【かき氷】 甘

シロップをかけてかき氷がへしゃっと沈むの、この世で最も非合理的な気がして、全く買う気が出ない屋台メシナンバーワンだったのですが、氷自体に味があるかき氷が登場し、私の中でかき氷の存在意義がついに生まれました。チョコレートのかき氷が最高。シロップはついてても無視します。

かくに【角煮】 肉

食べたいのに、好きなのに、食べ始めると自分の無力を痛感する。もっと強くなりたい。

かつどん【カツ丼】 肉

カツにごはんに卵という、何があっても大勝利というような組み合わせであるはずなのに、食べるたびにドウシテコウナッタ、と思ってしまう。おいしいけれど。おいしいけれど、この魔力的三点セットによって想像するやばさはここにはないように思う。カツはすっかりしっとりしてしまっているし、ごはんはすっかりカツのあぶらっぽさを薄める役割に甘んじているし、卵は半熟だというそれぐらいのことできみは満足していいのか？　多くのスイーツが、多くの揚げ物が、きみによっておいしさを獲得しているというのに?!　と言いたくなるのです。ただ好みでないだけと言えばそうなのだけれど、このカツ丼へのがっかり感は、おいしさをすなおに受け止めるその邪魔にもなっている気がする。この計算式は好きなんだ、好きだから、その必然性を直感で理解できてしまうような真のカツ丼に、いつか会いたい。

かっぷらーめん【カップラーメン】 即
三年に一回ぐらいのペースで食べて、えっ、カップ麺ってこんなに進歩しているの？と驚くのが一番いい楽しみ方では。

かふぇらて【カフェラテ】 苦
水よりお茶よりカフェラテを飲む。ただ、カフェインが効いたことがなくて、コーヒーを飲んだ直後でも寝れてしまうし、コーヒーで集中、とかもよくわからない。ただ、食べた後にコーヒーを飲まないと、フラットなところに戻れないという気がして、何か食べるたびに飲み、その後も他の飲み物の味を口に残すのが嫌で飲んでいる。自分にとっての海抜0の味がカフェラテなのかもしれません。

からあげ【唐揚げ】 肉
こんなに人を幸せにできる言葉がこの世にあるとは。けれど唐揚げはおいしさの個体差がはげしい。皮がかたいやわらかい、身がジューシーかさっぱり。そしてすべての人が、自分の好みの唐揚げを、茶色の山からある程度見分けられるっていうのが、結構ツボで、お店で確実に唐揚げ、頼んでしまう。

かれーらいす【カレーライス】 辛
他の人がいつ、本格スパイスタイプのカレ

ーを知ったのか知りたい。これはあきらかに一つの大人への階段、だなぁ。辛い、しかし甘酸っぱい。パクチーの乗ってるタイプのカレーたちよ、知らないうちに自分もそれを当たり前だと思うようになり、そのことにたまに気づき驚いてしまう。酒もタバコもやらないから、カレーで自分が大人だってことを実感します。

ぎょうざ【餃子】 肉

餃子のおいしい作り方、というものが、都市伝説のようにいくつも語られ、私はじっと「これこそが正解」というたった一つの答えが集合知によって導き出されるのを待っている。

ぐらころ【グラコロ】 粉

2021冬。グラコロ始まってて大感動してしまった。グラコロ。少し前は「あれ？こんな感じだっけ？」って思って食べてたのに最近は「うわーーー！！！！　あの頃の味だーーー！！！」ってなってしまう。過去の記憶が薄れていく時の流れの果てで私は平和に過去を撫でるよ。（グラコロでそんな文章を書くな。）

けーき【ケーキ】 甘

頼むから複雑な構造をしてくれ！　と思うし、チーズケーキとかザッハトルテとか層がそもそも分かれてないケーキをみると、「パンやろ！」って叫びたくなる。パンではない。

さ行

じゃことたかなのめんたいこぱすた【じゃこと高菜の明太子パスタ】 麺

WIRED CAFE で食べるじゃこと高菜の明太子パスタが好きで、たまに発作のように懐かしくなる。味の風合いというより、自分が欲しい外食の強さというかインパクトの質そのものがあって、食べると「これだ〜!」となれるおいしさ。自分の欠落しやすい部分を埋めてくれるのだと思う。なので、他人には勧めない。私の体とあなたの体が入れ替わってしまったら、このパスタを食べに行くといいよ、とは思うけど。そういうメニュー、他の人たちにもあるんだろうか。ほんとは誰が食べてもおいしいものをオススメしてもらうより、そういう食べ物を教えてほしいって思うよ。

すし【寿司】 魚

魚も刺身も大して好きでない私は、なぜ寿司をおいしいと感じるのかわからず、いま、寿司の味をイメージしてもおいしいようには思えず、しかし実際に寿司を食べた時の喜びはたしかにあり、口が口ではなくなるというか、味覚が味覚ではなくなるような、まったく違う「食べる」に出会う気がして楽しいのです。寿司に関しては、「おいしい」ではない違う言葉が必要なのかもしれない。

すたーばっくす【スターバックス】 飲

スターバックスのクリームが乗っているホットドリンク（甘い）をやっと理解した2

022。少しでもぼんやりするとクリームが溶けて、甘さに虚しさがまとわりつくあの飲み物、猫舌の私には理解が追いつかなかったのですが、2月のチョコレートのホットドリンクを、下が熱いうちに冷たい上部のクリームだけを飲む、という瞬発力とともに摂取したらおいしかった！　やっとわかった！！！　と大感動しました。知らないうちに下の飲み物も減っており、猫舌なのにホットドリンクが早々になくなるという魔法もあります。ポイントはクリームを多めにしてもらうことです。

すたばのちょこれーとどーなつ【スタバのチョコレートドーナツ】 甘

スタバのチョコレートドーナツがおいしくて、チョコレートとしておいしいわけでも、ドーナツとしておいしいわけでもなく、「スタバのチョコレートドーナツ」としておいしいわけですけれどおいしい。チョコがべたーっと、ドーナツがどずーんっと。スタバのチョコレートドーナツ！！という主張がすごい。

た行

だーくもかちっぷくりーむふらぺちーのちょこちっぷおおめちょこそーすかけてください【ダークモカチップクリームフラペチーノチョコチップ多めチョコソースかけてください】 甘

私のスタバでの呪文です。

たこやき【たこ焼き】 粉

たしかに関西人の家にはたこ焼き器が常備

されているが、もはやたこを入れずウィンナーとチーズだとかを入れて焼くような人間（私）もいるのだった。

たぴおか【タピオカ】 甘

タピオカが流行りはじめた頃、「最果タピ」という言葉とともにタピオカの写真がアップされることが結構あった。だからタピオカのことは親戚ぐらいに思っている。食べるたびに「黒糖なんだ〜」と言っている気がする。

たまごやき【卵焼き】 卵

作れる料理はなんとかいくつかはあるけれど、どれもおいしいかおいしくないかの話でしか味を作っていないので、「私はこうじゃないと嫌だ」という個人的な趣味で作り出す味というのを持たない。というか、そんなレベルに達しない。せめて、実家の卵焼きの味だけは身につけたい。結局親の味、ということなのかもしれない、そういうエゴ的な味付けの根源にあるのは。そしてそれこそが、料理を自分でやる唯一の「意味」なのではないかと思う。

たるたるそーす【タルタルソース】 卵

3回に1回ぐらい、私はエビフライやアジフライではなく、タルタルソースを食べたくてこのメニューを食べているのではないか、と考え、衣だけでタルタルソースをつけて食べてみたり、肉系のフライにつけてみたりするのだが、「本気を出せないタルタルソース」が口の中に広がり、私は魚介の偉大さに気づかされる。海の恵み。

ちーず【チーズ】 乳

チーズが好きだとはたしかに言ったけれど、その好き度合いをブルーチーズとかで計ろうとするのはやめてくれないか。私はただ純粋にモッツァレラとか、チェダーチーズとかが好きなんだ。猛烈に、好きなんだ。

つきみばーがー【月見バーガー】 肉 卵

月見バーガー食べてる時の安心感は、他の安心と全然違う。どこかで今たくさんの人がそれぞれに月見バーガーを食べているのだというのはただのミーハーとは違う、おかしな安心感をもたらすのですよ。（どこかで今誰かもこの月を見上げているのかなと、月を眺めながら思うことと意図せず近い話をしてしまいました。すみません。）

とーすと【トースト】 粉

朝ごはんはことごとく嫌いになってしまう。眠いのに起こされて即刻食べなくてはいけないものとして登場したメニューを好きになれるわけがない。ということで私はパンの焼けたいい匂いが苦手だった。やっと、大人になって自分で眠る時間を調整するようになって、トーストも食べられるようになったのだ。それまでは好きなパンと言えばおかずパンか甘いパンで、なるほど私は具を食べていたのだな……と今になって思う。

な行

なぽりたん【ナポリタン】 麺

食べたくなっても、食べたいその味はなか

なかどこにもなくて、どうしてイタリアンなパスタはあるのに、喫茶店で出てきそうなどすんどすんしたナポリタンは見つからないのか、ということを考える。喫茶店のナポリタンも実際に頼むとどれもそれなりにおしゃれな気がして、もっと運動ができなさそうなナポリタンが食べたい！　となる。おいしいナポリタンが食べたいのではなく、食べたいナポリタンが食べたいのだ。

は行

はーげんだっつ【ハーゲンダッツ】 甘

ハーゲンダッツのせいでコンビニに行くたびにアイス売り場を見てしまい、そのたびに見つけた季節限定の味を買う。おいしいかどうか確かめるのはずっと後だ、私の冷凍庫にはそうしたハーゲンダッツがたくさんある。季節限定なのだから気に入ったら買い占めておくべきなのにそもそも一つ目を食べるのがその季節が過ぎた後になるのは、アイスばかりは「今はその時じゃない」という直感を優先するから。クリーミーでいて冷たいあの食べ物は、一歩間違えればまだ喉に絡みつく甘さでしかなく、私は（そのおいしさにたった一個で気づくためにも）正確に、味わうべきだった。買ったもののまだ、口が、心が、それを食べる時を迎えていないアイスがたくさんある。食べないのではなくて、これはとてつもなくゆっくりずっと少しずつ食べているとも言える。

ぱくちー【パクチー】 菜

好きでも嫌いでもないパクチー、でも食べ

られると、好きということになるパクチー、気を使われて少なめにされると少なめにするなよと思うパクチー、でもパクチー、単体で山盛り出されたら困る、パクチー。パクチーに日常をあげたい、普通をあげたい、当たり前をあげたい。パクチー。

ぱすたそーす【パスタソース】 即

品揃えが豊かだったり癖の強いお店に行ったら、パスタソースを買い込んでしまう。私は昔は今以上に料理が嫌いで、レンジでパスタが茹でられるケースにパスタを折って入れて茹でて、パスタソースをあえる以上のことがしたくなかった。だから、見たことがないパスタソースを見ると自分のレパートリーが増えたような喜びがある。パッケージの写真が綺麗でおいしそうであればあるほど、料理ができない自分を肯定してくれていると感じます。

ぱん【パン】 粉

パンが嫌いだった過去が長すぎて、非常においしいパン屋を見つけると、「これがパン……！」と、まるでパンというものを初めて知った人みたいになってしまう。

はんばーがー【ハンバーガー】 肉

ハンバーガーといえばマクドナルドだったのに、大人になるとその食べ物って一体なんなのか、ということすらわからなくなる。喫茶店で見かけた3000円のハンバーガー。おにぎりで3000円より、クッキーで3000円より、試してみたくなるのはなぜなのか。ハンバーガーのことを何も知らないのかもしれない……、とその価格を見ると不安になる。

はんばーぐ【ハンバーグ】肉

結構何度も食べてきたはずだけれど、未だに肉汁にたいしてどんな顔をしたらいいのかわからない。結局お母さんが作ったハンバーグのかたさが一番だし、肉汁はただのエンタメだ。

ぴざ【ピザ】粉

「ピザってパンじゃなかったのか……」と思うのがレストランのピザで、「ピザってパンだよな……」と思うのがデリバリーのピザ。

ひなあられ【雛霰】甘

ちょっとだけ入っているチョコレートコーティングされたひなあられが大好きですという報告をさせてください。

ぷりん【プリン】甘

プッチンプリンのプッチンに感動しなくなった頃には、プリンのおいしさにもそこまで、感動しなくなってしまった。

べびーかすてら【ベビーカステラ】甘

お腹が空きすぎて買ったベビーカステラを寒空の下で食べたら、信じられないほど卵の味がして驚いた。けれどそのあと一度もそうは思えないまま、あの時の夢を夢のままにしたくなくて、何度も食べている。ベビーカステラが好きなんだね、と言われると、全然だし、いつもがっかりするのだけど。

べるじあんちょこれーと【ベルジアンチョコレート】 甘

ハーゲンダッツはベルジアンチョコレートが好きで（店舗があった頃の話です）、一番大きい持ち帰り用のカップでたまに買っていた。ダブルだろうがトリプルだろうが全てその味にするのが好きだった。アイスはいつだって最愛のフレイバーを限界まで食べるべきものだと思っている。

ま行

まーぼーどうふ【麻婆豆腐】 辛

ソースを買ってきてのほほんと家庭料理として出される料理、という印象が強かったのに、知らない間に、「本格を追求すべき料理」と思っている人が増えていて、本格麻婆豆腐があちこちにあらわれていた。私は「山椒たっぷりの麻婆を食べたあと、烏龍茶を飲むと、お茶がなんか酸っぱい」というような感想しか今のところない。

めろん【メロン】 果

メロンは好きだがメロンがなんなのかもうずっとわからない、皮の近くの味などに触れると、知らない素の表情を見てしまったような気まずさがある。フルーツは、甘くておいしいものほど、自分は上部だけを楽しんでいるなぁと思います。１０００の味のうち５ぐらいしか味わえていない。生の果物はだからこそ楽しい。

もすちきん【モスチキン】 肉

小さい頃初めて食べたモスチキンのこと、覚えてる。私は小学生だったか、年長さんだったか。これまでのチキンとは違う和風の衣、チキンの確かな「鶏肉！」という味。家の唐揚げではないが、でもナゲットとも違う。ああいう思い出が薄れないまま10歳になりたい。

もつなべ【モツ鍋】 肉

わかったふりして食べてるけどモツがなんなのかわからない。説明されてもわからない。部位の話ではなくて、自分がそれをおいしいと思う理由がわからないのだけどおいしい。大人になってから知らないタイプのおいしさに出会うと、永遠にわかる気がしなくてずっと夢中になってしまうな。

や行

やきそば【焼きそば】 麺

屋台や海の家の焼きそばがおいしかったことなど一度もなかった、とすら思っていながら、屋台や海の家で焼きそばを見つけるとお腹が空く。そばで焼きそばを食べている人を見るたび、ああ、夏に抗えなかった人々、とパックに詰め込まれた焼きそばを片手に思うのだった。

やきそばぱん【焼きそばパン】 麺 粉

焼きそばパンを定期的に毎日食べる時期があり、最初は13歳ぐらいだったと思う。それがまた来た。焼きそばパンの焼きそばはとてもおいしいのだが、パンから取り出して単体で食べても普通であり、これはパンで焼きそばを挟むことによって、他のことを考える余裕があった味覚が焼きそばのことしか考えられなくなるからではないか、と思う。焼きそばはそんな潤いがある食べ物ではないけど、パンはさらにドライであるため、焼きそばの水分一つ一つがより貴重に感じるのかもしれない。（真剣にこういう話をして生きている。）

やきにく【焼肉】 肉

空腹でしかたがない時の一口目の焼肉のあのおいしさが永遠に続いていくなら、本当に人は恋などしないし争いもしないし夢も見ないのではないか。なので、最初の塩タンを持ってくる前にどうか白米を間に合わせてください。これは世界のためなのです。

ら行

らーめん【ラーメン】 麺

ラーメンに関しては誰もがグルメ、黄金の舌を持っている、気がする。ラーメン屋を紹介するのはよっぽど親しくなっていないとダメだ。普通程度においしい店は悪い印象になる魔の料理だと思うのですがどうでしょうか。

りょくちゃ【緑茶】 飲

コーヒーが突然なんの魅力もないものに感じられる時があり、そういう時はずっと緑茶を飲んでいる。とにかく同じ飲み物を飲み続けたいので、緑茶の時は緑茶ばかり飲むし、これくらいの苦さがいいという味への希望もある。でも、緑茶もコーヒーも好きなわけではなく、想像通りの味でいてほしいだけなのです。緑茶やコーヒーで生活を豊かにしたいわけではないのだ、という強い意志。(それくらい日常の緑茶が好きってことでは?)

れいとうつけめん【冷凍つけ麺】 麺 即

毎回思うんだけど、湯煎ってお手軽じゃないですよね、レトルトとは言えない。お湯を入れて待つだけか、レンジでチン以外は許さない。冷凍つけ麺ときいて喜んで買ったらチンではなく湯煎だった時の私の顔。あげく冷水で冷やしてください、とは一体なんのつもりなのか。同じ裏切りを具だくさん系レトルトカレーもやる。

れいめん【冷麺】 麺

冷麺はじめましたと言われても冷麺は食べたくならないけれど、ある日急に冷麺が食べたくなることがあり、そんな日に限って、冷麺はじめましたとおっしゃるお店は見つからない。パスタ食べたいだとかラーメン食べたいだとか(全部麺だな)そういう願望ならある程度他の料理で代替えもできそうに思うけれど、冷麺はなぜか、これでなければいけないと思う。あのおいしいんだかよくわからない、きゅうりとハムと卵をスライスしたものを乗せてトマトすらも乗せて、タレをかけている麺。おいしいと自分が本気で思っているのかわからないものを食べたくなった時ほど、代えがきかず非常に辛い。

ろっきーろーど【ロッキーロード】 甘

サーティワンといえばロッキーロードなのです……いつ食べても同じ味がするというのはむしろ奇跡的なことです。味が変わらなくても食べる人間は変わるのだから、中学の時に食べてたまだなぁ、とこちらに思わせる圧倒的なパワー、そういう「おいしさ」にすぐ辿り着ける今ってすごいな。

わ行

わがし【和菓子】 甘

和菓子は尊い、洋菓子は眩しい、果物類は恐ろしい（前もどこかで書いたなぁ）。和菓子はいつも裏切らないのです、洋菓子は私が裏切ってしまうことがありますが（体調が万全でないとかで）、果物はおいしいんですけど、人類には早すぎるのでは？と正直思っています。味のメーターが振り切ってて、全てを解釈できている自信がありません。とにかく、和菓子のことが好きなんです。あのどんな私も受け入れてくれそうな器の大きさが、甘味にあるまじき……という感じで、ふしぎです。同い年のはずなのに人間性が完成している同級生、みたいな尊さがある。（詩で、和菓子作りたいという夢がずっとあります。）特に好きなのは求肥。求肥〜！！！　求肥につつまれている全ての甘いものは、溶けて夢と混ざる権利を持ちます。夢とうつつの狭間にあるのが求肥なのです。

＊「最果タヒ的たべもの辞典（増補版）」は、単行本刊行時に配布した「おまけ冊子」を加筆修正したものです。

＊本書は二〇一七年に産業編集センターより刊行されました。
文庫化に際し一部加筆修正の上、「最果タヒ的たべもの辞典（増補版）」と「文庫本版あとがき」を収録しております。

もぐ∞
（もぐのむげんだいじょう）

二〇二二年 四 月一〇日 初版印刷
二〇二二年 四 月二〇日 初版発行

著　者　最果タヒ（さいはて）
発行者　小野寺優
発行所　株式会社河出書房新社
〒一五一－〇〇五一
東京都渋谷区千駄ヶ谷二－三二－二
電話〇三－三四〇四－八六一一（編集）
〇三－三四〇四－一二〇一（営業）
https://www.kawade.co.jp/

ロゴ・表紙デザイン　粟津潔
本文フォーマット　佐々木暁
本文組版　KAWADE DTP WORKS
印刷・製本　中央精版印刷株式会社

Printed in Japan ISBN978-4-309-41882-7

きみの言い訳は最高の芸術

最果タヒ　41706-6

いま、もっとも注目の作家・最果タヒが贈る、初のエッセイ集が待望の文庫化！「友達はいらない」「宇多田ヒカルのこと」「不適切な言葉が入力されています」ほか、文庫版オリジナルエッセイも収録！

わたしのごちそう365

寿木けい　41779-0

Twitter人気アカウント「きょうの140字ごはん」初の著書が待望の文庫化。新レシピとエッセイも加わり、生まれ変わります。シンプルで簡単なのに何度も作りたくなるレシピが詰まっています。

季節のうた

佐藤雅子　41291-7

「アカシアの花のおもてなし」「ぶどうのトルテ」「わが家の年こし」……家族への愛情に溢れた料理と心づくしの家事万端で、昭和の女性たちの憧れだった著者が四季折々を描いた食のエッセイ。

パリっ子の食卓

佐藤真　41699-1

読んで楽しい、作って簡単、おいしい！　ポトフ、クスクス、ニース風サラダ…フランス人のいつもの料理90皿のレシピを、洒落たエッセイとイラストで紹介。どんな星付きレストランより心と食卓が豊かに！

早起きのブレックファースト

堀井和子　41234-4

一日をすっきりとはじめるための朝食、そのテーブルをひき立てる銀のポットやガラスの器、旅先での骨董ハンティング…大好きなものたちが日常を豊かな時間に変える極上のイラスト＆フォトエッセイ。

食いしん坊な台所

ツレヅレハナコ　41707-3

楽しいときも悲しいときも、一人でも二人でも、いつも台所にいた――人気フード編集者が、自身の一番大切な居場所と料理道具などについて語った、食べること飲むこと作ることへの愛に溢れた初エッセイ。

バタをひとさじ、玉子を3コ

石井好子　41295-5

よく食べよう、よく生きよう――元祖料理エッセイ『巴里の空の下オムレツのにおいは流れる』著者の単行本未収録作を中心とした食エッセイ集。50年代パリ仕込みのエレガンス溢れる、食いしん坊必読の一冊。

おばんざい　春と夏

秋山十三子　大村しげ　平山千鶴　41752-3

1960年代に新聞紙上で連載され、「おばんざい」という言葉を世に知らしめた食エッセイの名著がはじめての文庫化！　京都の食文化を語る上で、必読の書の春夏編。

おばんざい　秋と冬

秋山十三子　大村しげ　平山千鶴　41753-0

1960年代に新聞紙上で連載され、「おばんざい」という言葉を世に知らしめた食エッセイの名著がはじめての文庫化！　京都の食文化を語る上で、必読の書の秋冬編。解説＝いしいしんじ

おなかがすく話

小林カツ代　41350-1

著者が若き日に綴った、レシピ研究、買物癖、外食とのつきあい方、移り変わる食材との対話――。食への好奇心がみずみずしくきらめく、抱腹絶倒のエッセイ四十九篇に、後日談とレシピをあらたに収録。

小林カツ代のおかず道場

小林カツ代　41484-3

著者がラジオや料理教室、講演会などで語った料理の作り方の部分を選りすぐりで文章化。「調味料はピャーとはかる」「ぬるいうちにドドドド」など、独特のカツ代節とともに送るエッセイ＆レシピ74篇。

小林カツ代のきょうも食べたいおかず

小林カツ代　41608-3

塩をパラパラッとして酒をチャラチャラッとかけて、フフフフフッて五回くらいニコニコして……。まかないめしから酒の肴まで、秘伝のカツ代流レシピとコツが満載！　読むだけで美味しい、料理の実況中継。

巴里の空の下オムレツのにおいは流れる

石井好子　41093-7

下宿先のマダムが作ったバタたっぷりのオムレツ、レビュの仕事仲間と夜食に食べた熱々のグラティネ――一九五〇年代のパリ暮らしと思い出深い料理の数々を軽やかに歌うように綴った、料理エッセイの元祖。

東京の空の下オムレツのにおいは流れる

石井好子　41099-9

ベストセラーとなった『巴里の空の下オムレツのにおいは流れる』の姉妹篇。大切な家族や友人との食卓、旅などについて、ユーモラスに、洒落っ気たっぷりに描く。

女ひとりの巴里ぐらし

石井好子　41116-3

キャバレー文化華やかな一九五〇年代のパリ、モンマルトルで一年間主役をはった著者の自伝的エッセイ。楽屋での芸人たちの悲喜交々、下町風情の残る街での暮らしぶりを生き生きと綴る。三島由紀夫推薦。

パリジェンヌのパリ20区散歩

ドラ・トーザン　46386-5

生粋パリジェンヌである著者がパリを20区ごとに案内。それぞれの区の個性や魅力を紹介。読むだけでパリジェンヌの大好きなflânerie（フラヌリ・ぶらぶら歩き）気分が味わえる！

アァルトの椅子と小さな家

堀井和子　41241-2

コルビュジェの家を訪ねてスイスへ。暮らしに溶け込むデザインを探して北欧へ。家庭的な味と雰囲気を求めてフランス田舎町へ――イラスト、写真も手がける人気の著者の、旅のスタイルが満載！

わたしの週末なごみ旅

岸本葉子　41168-2

著者の愛する古びたものをめぐりながら、旅や家族の記憶に分け入ったエッセイと写真の『ちょっと古びたものが好き』、柴又など、都内の楽しい週末“ゆる旅”エッセイ集、『週末ゆる散歩』の二冊を収録！

中央線をゆく、大人の町歩き

鈴木伸子　41528-4

あらゆる文化が入り交じるＪＲ中央線を各駅停車。東京駅から高尾駅まで全駅、街に隠れた歴史や鉄道名所、不思議な地形などをめぐりながら、大人ならではのぶらぶら散歩を楽しむ、町歩き案内。

山手線をゆく、大人の町歩き

鈴木伸子　41609-0

東京の中心部をぐるぐるまわる山手線を各駅停車の町歩きで全駅制覇。今も残る昭和の香り、そして最新の再開発まで、意外な魅力に気づき、町歩きの楽しさを再発見する一冊。各駅ごとに鉄道コラム掲載。

表参道のヤッコさん

高橋靖子　41140-8

新しいもの、知らない空気に触れたい——普通の少女が、デヴィッド・ボウイやＴ・レックスも手がけた日本第一号のフリーランスのスタイリストになるまで！　六十〜七十年代のカルチャー満載。

家と庭と犬とねこ

石井桃子　41591-8

季節のうつろい、子ども時代の思い出、牧場での暮らし……偉大な功績を支えた日々のささやかなできごとを活き活きと綴った初の生活随筆集を、再編集し待望の文庫化。新規三篇収録。解説＝小林聡美

みがけば光る

石井桃子　41595-6

変わりゆく日本のこと、言葉、友だち、恋愛観、暮らしのあれこれ……子どもの本の世界に生きた著者が、ひとりの生活者として、本当に豊かな生活とは何かを問いかけてくる。単行本を再編集、新規五篇収録。

お茶をどうぞ　向田邦子対談集

向田邦子　41658-8

素顔に出会う、きらめく言葉の数々——。対談の名手であった向田邦子が黒柳徹子、森繁久彌、阿久悠、池田理代子など豪華ゲストと語り合った傑作対談集。テレビと小説、おしゃれと食いしん坊、男の品定め。

私の小さなたからもの

石井好子　41343-3

使い込んだ料理道具、女らしい喜びを与えてくれるコンパクト、旅先での忘れられぬ景色、今は亡き人から貰った言葉――私たちの「たからもの」は無数にある。名手による真に上質でエレガントなエッセイ。

人生はこよなく美しく

石井好子　41440-9

人生で出会った様々な人に訊く、料理のこと、お洒落のこと、生き方について。いくつになっても学び、それを自身に生かす。真に美しくあるためのエッセンス。

でもいいの

佐野洋子　41622-9

どんなときも口紅を欠かさなかった母、デパートの宣伝部時代に出会った篠山紀信など、著者ならではの鋭い観察眼で人々との思い出を綴った、初期傑作エッセイ集。『ラブ・イズ・ザ・ベスト』を改題。

私の部屋のポプリ

熊井明子　41128-6

多くの女性に読みつがれてきた、伝説のエッセイ待望の文庫化！　夢見ることを忘れないで……と語りかける著者のまなざしは優しい。

愛別外猫雑記

笙野頼子　40775-3

猫のために都内のマンションを引き払い、千葉に家を買ったものの、そこも猫たちの安住の地でなかった。猫たちのために新しい闘いが始まる。涙と笑いで読む者の胸を熱くする愛猫奮闘記。全ての愛猫家必読！

黒猫ジュリエットの話

森茉莉　早川茉莉〔編〕　41572-7

「私はその頃、ボロアパートとJapoとを愛していた」「私は散歩の度、買い物度に抱き歩いて見せびらかしていた」大きな黒猫Japoとともに暮らした十四年間。森茉莉言葉で描かれた愛すべき猫たち。